Kocher · Dschungel — erbarmungsloser Dschungel

Hugo Kocher

Dschungel – erbarmungsloser Dschungel

CIP-Kurztitelaufnahme der Deutschen Bibliothek

Kocher, Hugo:
Dschungel, erbarmungsloser Dschungel
Hugo Kocher. — Neuaufl. — Menden/Sauerland:
Kibu, 1980
  Frühere Ausg. im Arena-Verl. Würzburg.
  Frühere Ausg. u. d. T.: Kocher, Hugo:
  Flucht durch den Dschungel.
  ISBN 3-88101-617-1

© dieser Ausgabe Kibu-Verlag GmbH
5750 Menden 1 / Sauerland
Umschlagbild von Carlo Demand
Illustrationen vom Verfasser
Satz und Film: Alois Knab
Druck und Einband: Salzer - Ueberreuter, Wien
Printed in Austria
Nachdruck nicht gestattet

Inhaltsverzeichnis

Urruwo, der Tiger	7
Ein Kind verschwindet	25
In Urwald und Fels	39
Der gestreifte Tod	57
Die Geheimnisse der Schlangen	82
Zweikampf auf Leben und Tod	97
Ein Fremder im Dorf	111
Die verborgene Tempelgruft	122
Sang-Nu und seine Bande	140
Auf der Elefantenfährte	160
Ein Mann keucht im Dunkel	180
Einhorn lauert im Busch	199
Der Berg schlägt zu	207
Zu spät!	233

Urruwo, der Tiger

Der Tag erwachte. Über den östlichen Bergwäldern verbreitete sich eine zögernde Helle. Die stillste Stunde des Dschungels war gekommen. Wildhund, Schakal und Hyäne lagen bereits mit vollgefressenen Bäuchen in ihrem Lager, oder sie huschten gleich gleitenden Schatten mit einem Knochen, an dem noch Sehnen und Fleischfetzen hingen, auf einem der verschlungenen Pfade dahin. Die Natur holte Atem, ehe sie mit gleißendem Licht das Dunkel in die Tiefen der Wälder scheuchte und ihre Geschöpfe zu Äsung und Spiel rief.

Am Rande einer Lichtung, die der letzte Wirbelsturm gebrochen hatte, kauerte Jagash, der Häuptling. Er war ein schmächtiger Inder mit leicht schiefgestellten schwarzen Augen und strähnigen Haaren. Hager war er, deutlich traten die Rippen bei jedem Atemzug unter der braunen Haut hervor.

Jagash gehörte einem der ärmsten Stämme der Urwaldbewohner an, dessen Dorf abseits von allem Verkehr in weltabgeschiedener Urwaldeinsamkeit lag. Arm war die Horde, sie lebte kümmerlich genug von dem, was der Wald an Früchten, Wurzeln und Kleingetier bot. Sie jagten auch, die Dschungelbewohner. Mit stumpfem Pfeil holten sie Wildtauben und Wildhühner herab und erlegten gelegentlich einen Schamburhirsch. Mit den Riesen der indischen Wälder, mit Gaur, Nashorn und Elefant, lebten sie in Frieden.

Die Sorge hatte Jagash heute hinausgetrieben, lange bevor die Nacht dem Tage wich. Zweimal hatte er in der Ferne den unheimlichen Drohruf vernommen, das Jaulen der Füchse, die den Gestreiften auf dem Jagdpfad begleiten und häufig verraten. Der Tod ging um im Dschungel von Owati. Noch war keiner dem Tiger, dem gewalttätigen Tyrannen, begegnet, und doch gingen sie alle seit Tagen mit sorgenvoll gerunzelter Stirn umher, die Männer und Frauen von Ogu, dem Dschungeldorf.

Sie spürten die Nähe des Gestreiften an den Tränkestellen des Flusses. Die Unruhe des Wildes, das bislang so vertraut auf seinen Wechseln zog, hatte sich auf sie übertragen. Der Häuptling des Dorfes fühlte die fragenden, mahnenden Blicke, die an ihm hingen. Von ihm erwarteten Männer, Frauen und Kinder einen Entschluß. Sollte das Dorf abgebrochen werden, sollten die Männer das Wagnis einer Tigerjagd auf sich nehmen? Seit undenklichen Zeiten hatten sie ihre Bogen und Pfeile nicht mehr gegen eine Dschungelkatze gerichtet. Die Alten wußten davon zu berichten, daß sie wohl manchen Leoparden und Tiger erlegt hatten, doch waren jedesmal auch einige der Jäger nicht wiedergekehrt. Nur im Flüsterton sprachen sie von dem

Gestreiften und verkrochen sich nach Einbruch der Dunkelheit mit klopfendem Herzen im hintersten Winkel ihrer Hütten. Schwer lastete die Verantwortung auf Jagash. Er seufzte. Zitternd verhallte der Laut in dem noch immer nachtdunklen Dschungel. Wenn der Stamm jetzt aufbrach, so war sein kleiner, eben erst geborener Sohn verloren. Kein Säugling war in diesem zarten Alter den Gefahren und Anstrengungen einer Wanderung gewachsen. Und Jagash hing an seinem einzigen Sohn.

Zugleich bangte er vor einem weiteren Vorstoß in die Berge. Seltsame Gerüchte über die wilden Stämme, die sie bewohnten, waren ihm schon zu Ohren gekommen. Von Kopfjagd und noch Schlimmerem war die Rede. Wie sollten sich die Ogu, deren Stamm kaum drei Dutzend waffenfähiger Männer zählte, dagegen behaupten?

Und noch bedenklicher schien dem Häuptling die Wanderung flußab in die Nähe der großen Dörfer mit ihren Pflanzungen, ihrem zahmen Vieh. Ständig schlichen dort Tiger umher, und nicht wenige der großen Katzen wurden mit der Zeit zu Menschenfressern. Jagash schauderte. Sein eigener Vater war von einem solchen Tiger gerissen worden!

Sein Blick suchte den Himmel. Er wartete mit Ungeduld auf die Sonne, auf das Licht des Tages, das auch die Sorgen verscheuchte. Jetzt aber kreuzte er die Arme über der Brust. Die Morgenstille schlug ihn in Bann. Er glaubte in ihr die Stimmen der Geister, der Ahnen zu vernehmen, die zu ihm sprachen. Tief beugte er sein Haupt und blieb bewegungslos in dieser Stellung sitzen. Doch reglos standen auch die riesigen Farnwedel, die sonst beim leisesten Luftzug schwankten. Gleich aufgerissenen, blutigen Mäulern tauchten die Orchideen an Baumstämmen und Bambusrohren aus dem sich allmählich lichtenden Dunkel. Ein eiskalter Schauer lief dem Häuptling über den nackten Rücken. Es war, als griffe eine Totenhand nach seinem Genick. Er regte sich nicht, lauschte, erwacht, mit allen Sinnen auf das Unheimliche, dessen Nähe er spürte. Jagash wollte aufspringen, nach dem Speer greifen – und doch blieb er kauern. Jetzt war es ganz dicht hinter ihm, er brauchte sich nur umzuwenden, um dem Drohenden Aug in Aug gegenüberzustehen.

Und doch tat er es nicht. Im Gegenteil, er beugte sich noch tiefer, bis seine Stirn den Boden berührte. Seine bebenden Lippen flehten lautlos zu den Dschungelgöttern um Schutz. Noch nie hatte er ihn nötiger gehabt als in diesem Augenblick, da auf Sprungweite hinter ihm Urruwo, der Tiger, stand, Urruwo, der Mörder des Dschungels.

Er hatte am Flußufer eine Hirschkuh gerissen und

trabte jetzt mit hängendem Kopf und offenem Fang seinem Tagesversteck zu. Lautlos schlich der Tiger dahin. Nachtschatten barg ihn, und selbst dort, wo spärliche Helle durch das Geäst kam, blieb er unsichtbar. Die Schatten der Äste malten ihm noch ein paar weitere schwarze Streifen ins Fell.

Plötzlich stand er still. Menschenwitterung war ihm in die Nase gefahren, scharf und ätzend, der Zorn in seinem Tiergemüt war entfacht. Fast alles Böse, das ihm je widerfahren war, hing mit diesem beizenden Geruch zusammen. Grünlich schillerten seine Seher, weit öffnete er den Fang, und wie mattblinkende Dolche ragten seine fingerlangen Eckzähne über die Lefzen. Das rauhe Knurren, das ihm in die Kehle stieg, unterdrückte er. Urruwo stand im Schatten, halb zum Sprung geduckt, und sicherte. Die Reglosigkeit des kauernden Häuptlings beruhigte ihn, er war auch gar nicht kampflustig.

Satt und zufrieden, sehnte er sich nach einem schattigen Lager, in dem er die hellen, lauten Tagesstunden verschlafen konnte.

Wäre Jagash herumgefahren, hätte er drohend den Arm zum Wurf erhoben, dann hätte sich Urruwo ohne Zögern auf ihn geworfen. Jetzt aber erhob sich ein leichter Morgenwind, der die Witterung des Mannes mit sich nahm. Der Tiger schnaubte und wandte sich ab, er hatte den kauernden Häuptling bereits vergessen, noch ehe er wenige Schritte weitergetrabt war.

Langsam richtete sich Jagash auf. Im Dschungel krähten die Hähne, wie leuchtende Raketen schossen die Fasanen aus ihren Schlafbäumen, dem jäh aufleuchtenden Tageslicht entgegen. Mit Krächzen und Kreischen begrüßten die Papageien die Sonne. Auch die Affen in den Felswänden wurden rege und dankten mit lauten Rufen für die in Frieden verbrachte Nacht. Aus Spalten und Höhlen kamen sie heraus, setzten sich auf vorspringende Felsen oder nebeneinander auf die Rasenbänder. Sie waren noch ein wenig steif von der Morgenkühle. Die dünnbehaarten Jungen schauderten und drängten sich zwischen die Alten, die gähnend ihre kräftigen Zähne zeigten. Es war eine Horde der schwanzlosen, rauhohrigen Rhesusaffen und ihr Anführer war ein starker, grauköpfiger Alter. Er saß bereits sichernd auf der höchsten Felsnase. Nichts entging seiner Wachsamkeit. Erst als alles ruhig blieb, kam er herab zu den Weibchen, die bereits emsig damit beschäftigt waren, die Jungen zu säubern. Jedes Härchen wurde hochgehoben, nicht der geringste Schmutz wurde geduldet. Alles Strampeln und Quieken nützte nichts. Erst kam die Morgenwäsche, dann sollten die Jungen sich balgen und auf den Felsen spielen.

Mit gebieterischem Grunzen forderte der Alte sein

Recht. Eifrig machten sich zwei der nächstsitzenden Weibchen daran, seinen Rückenpelz zu untersuchen. Und jetzt saß die ganze Horde wie an einer Schnur aufgereiht im Fels und ließ sich wohlig die Morgensonne auf Bauch und Rücken scheinen.

Jagash, der Häuptling, hatte keinen Blick für die Affen. Er achtete auch nicht auf die Fasanen, die dicht neben ihm aus den Büschen stiegen. Sein Gesicht war verzerrt, trug noch alle Zeichen des eben ausgestandenen Schreckens.

Jetzt kniete er vor der Tigerfährte. „Ein mächtiges Tier, es hinkt auf dem linken Hinterfuß", murmelte er. „Zehn Schritte hinter mir stand der Tod." Ein Zittern lief ihm über die Beine, einen Augenblick war er nahe daran, Speer, Pfeil und Bogen wegzuwerfen und davonzulaufen.

Doch er faßte sich und sah sich verlegen nach allen Seiten um, als fürchte er einen zufälligen Beobachter seiner Schwäche. Jagash war ein Mann und obendrein ein Häuptling. Ihm fiel die Pflicht zu, die Entscheidung für den Stamm zu treffen. Noch wußte er nicht, ob das Los für Kampf oder Flucht fallen würde. „Vielleicht befrage ich den alten Ahmad", murmelte er. „Der Zauberer findet vielleicht ein Mittel, den Tiger aus dem Gebiet von Owati zu vertreiben." Auf jeden Fall aber wollte Jagash wissen, wo der Tiger sein Lager hatte, falls es galt, den Busch mit Netzen zu umstellen und den Gestreiften hineinzutreiben.

Gebückt huschte er dahin. Sorgfältig achtete er auf den Wind und tastete mit den Zehen den Boden ab. Kein Ästchen durfte unter seinen Sohlen knacken. „Wie groß die Fährte ist!" flüsterte der Häuptling und setzte seinen Fuß in einen der Raubtiertritte. Er schätzte das Gewicht des Tigers auf das fünffache seines eigenen, denn gar zu tief waren die Prankenmale eingedrückt.

Auf das Schleichen und Pirschen verstand sich Jagash. Er war der beste Jäger des Stammes. Eine ganze Weile lag er regungslos hinter einem gestürzten Stamm, als er in einem Bambusgestrüpp ein lautes Gähnen vernahm. Vorsichtig hob er den Kopf. Wieder prüfte er den Morgenwind, der die Farnwedel sacht schaukelte und die Blütendolden schwanken ließ. Dann umschlug er das Dickicht, und nun nickte er zufrieden.

Der Tiger hatte sich im Bambus ausgeruht. Dort lag er jetzt, langausgestreckt, und leckte sich Hals, Brust und Pranken. Er gähnte ein paarmal, ehe er sich auf die Seite legte und einschlief. Im Traum erlebte er wohl noch einmal die Erregung der Jagd an der Tränke.

Jagash nickte wiederum. So und nicht anders mußte es sein. Jagash überlegte; er prüfte die Umgebung. Vielleicht wäre es am besten, jetzt die Männer mit den

Netzen zu rufen. Schließlich aber schüttelte er den Kopf und wandte sich ab. Er erstieg die Felswand und suchte auf ihr die Felsnische, die ihm freien Auslug und zugleich Schatten gewährte. Von hier aus konnte er das Bambusdickicht und die ganze Umgebung bewachen. Vielleicht war der Tiger nur ein Herumtreiber, ein Einzelgänger auf der Suche nach einem Weibchen. Jagash beschloß, ihm nachzuspüren. Er hoffte, den Seinen die frohe Kunde bringen zu dürfen, daß der gestreifte Tod Owati wieder verlassen hatte. Er lächelte ein wenig selbstgefällig. Keiner seiner Männer hatte den Mut, allein dem Tiger durch den Dschungel zu folgen!

Mit einer Geduld, wie sie nur der Dschungeljäger kennt, kauerte Jagash in der Felsnische. Tief unter ihm lag der Dschungel, Elefantenpfade, Büffel- und Nashornwechsel führten als Schneisen durch Busch und Gras und durch das dichte Schilf sumpfiger Senken.

Geier kreisten mit regungslosen Schwingen über den Waldbergen. Ab und zu strich ein Nashornvogel vorbei, um seinem in einem hohlen Baum brütenden Weibchen Futter zuzutragen. Jagash lächelte. Schon oft hatte er die von dem großschnäbeligen Vogel zugemauerte Bruthöhle entdeckt und sich über das gefangengesetzte Weibchen lustig gemacht. Zuweilen hätte er wohl gern seine Saya auf diese Art an ihre häuslichen Pflichten gebunden.

Während die Sonne hoch über den Dschungelbergen ihre Bahn zog, grübelte Jagash über das Leben seines Stammes nach. Immer, wenn er mit den Hindus in den Urwalddörfern zusammengetroffen war, hatte er es bitter erfahren müssen, wie unerfahren und ungeschickt sie waren. Die schlauen Händler betrogen und übervorteilten ihn und die Seinen bei jeder Gelegenheit. Sie waren und blieben nun einmal die einfältigen Dschungelmenschen, die Buschläufer. Tiefer und immer tiefer hatte Jagash den Stamm in die Berge hineingeführt, kein Pfad lief zu den Dörfern am Fluß hinab. Rings um Ogu breitete sich der Dschungel aus mit all seinen Geheimnissen und Wundern. Seine Kinder waren die Ogus. Zu ihnen sprachen die Wälder, sie hörten den Gesang der Sterne in den klaren Nächten, sie vernahmen das Raunen der Geister und Götter der Berge. Ganz eins waren sie mit ihrer Umwelt, mit Baum und Tier, mit Sonne, Regen und Sturm.

Wenn der Donner durch die Schluchten grollte, dann duckten sie sich, gaben sich ganz der Erde hin, auf der sie geboren wurden. Wie seltsam, keiner, der vor Jagash gelebt hatte, war gestorben! In anderer Gestalt, so erzählte man, kehrte er wieder, als Mensch und Stammesführer oder als kleiner Jäger, wenn nicht gar seine Seele in ein Tier fuhr. Jagash glaubte, daß er einst in seinem früheren Leben ein Wolf gewesen war.

Er meinte, er brauche nur von der Rinde eines Baumes zu essen, dessen Geheimnis niemand außer den Ogus kannte, um sich über Zeit und Raum hinwegzusetzen und wieder als Wolf durch die Wälder zu traben. Jagash war überzeugt, daß er dem früheren Leben seine scharfen Sinne verdankte, seine Fertigkeit im Fährtenlesen und die Tollheit, die ihn zuweilen befiel, wenn er auf der Schweißfährte jagte.

Er nickte gedankenverloren und lauschte mit halbem Ohr auf das an- und abschwellende Schrillen der Zikaden, deren Eifer von jedem vorüberziehenden Tier, vom Lärmen einer Affenhorde in den Bäumen oder dem Stampfen eines Büffels neu angefacht wurde.

Langsam krochen die Schatten über den Boden hin, sie schrumpften, je höher die Sonne stieg. Die Luft, die an der erhitzten Felswand aufstieg, flimmerte und zitterte. War Jagash eingeschlafen, hatte ihn die lähmende Hitze überwältigt? Er saß da wie aus Stein gehauen, mit gesenkten Lidern und sachtem Atem. Wie er so kauerte mit gekreuzten Beinen, glich er einem bronzenen Buddha; in dem Sonnenstrahl, der sich wie eine Messerklinge durch eine Spalte in die Nische schob, glänzte die Haut seiner Schultern wie mattes Kupfer.

Jetzt aber erwachte er. Irgend etwas hatte ihn aufgeschreckt. Wie ein im Wind fallendes Blatt berührte es seinen Nacken. Geblendet schloß er gleich wieder die

Lider, um sie im nächsten Augenblick weit aufzureißen. Er wollte schreien, aufspringen, aber wie gelähmt saß er da, denn tief unter ihm, auf schmalem Dschungelpfad, spielte es sich so schnell ab, daß er nicht mehr dazu kam, einzugreifen.

Jagash sah seine eigene Frau, seine Saya, aus dem Schatten in die helle Sonne treten. Sie trug einen großen Krug auf dem Kopf, um Wasser von der Tempelquelle zu holen, das nirgends so frisch und wohlschmeckend sprudelte, wie bei den Ruinen. Ihren schlanken Körper umhüllte eine buntgewobene, schon etwas verwaschene Decke. Auf ihren Hüften schaukelte Dawi, ihr kleines, kaum vier Wochen altes Söhnchen, ohne das sie keinen Schritt tat.

Jagash rang nach Atem. Er wollte aufschreien, aber nur ein heiseres Röcheln kam aus seiner ausgedörrten Kehle. Saya umschritt ahnungslos das Bambusdickicht, in dem der Tiger lag. Und jetzt hatte sie etwas erspäht. Im dichten Gestrüpp leuchtete grellrot eine Orchidee. Die hübsche Saya lächelte, sie wußte ihre Dschungelschönheit mit den grellen Farben der Blumen mehr zur Geltung zu bringen, als ihren Freundinnen lieb war. Sie setzte den Topf ab, legte Dawi, der selig schlummerte, daneben und drang in die Büsche ein.

Da war sie wieder, die beizende Menschenwitterung. Urruwo, der Tiger, fuhr mit bösem Fauchen auf.

Er hatte schlecht geschlafen. Beim Sprung auf die Beute hatte er sich die halbverheilte Wunde im Oberschenkel wieder aufgerissen. Wesen, die diese Witterung trugen, hatten sie ihm geschlagen. Wollten sie ihm gar keine Ruhe lassen, drangen sie nun gar in sein Tagesversteck ein?

Der Jähzorn jagte dem Gestreiften einen Schauer über das Fell. Die Haare auf seinem Nacken sträubten sich, die Schwanzspitze pendelte. Geschmeidig schob sich sein langer Körper durch den Bambus, der hinter ihm zusammenschlug. Schon stand er auf dem Wechsel, und jetzt stieg die Witterung aus den Fußstapfen der Frau frisch und stark vor ihm auf. Seine Seher lohten, in lautlosem Fauchen öffnete sich sein Fang, die Zahndolche blinkten. Keine dreißig Schritte vor ihm lag der kleine Dawi, von Fliegen umsummt, neben dem abgestellten Krug. Geduckt näherte sich der Tiger. Bei jedem Schritt fuhr ihm der Schmerz stechend in den Oberschenkel des linken Hinterbeines. Das steigerte seine Wut. Jetzt wollte er sich rächen, sich endlich Ruhe verschaffen vor diesen Quälgeistern. Stets war er ihnen ausgewichen, und trotzdem hatten sie ihn gejagt, verwundet. Vielleicht würde er sie auch jetzt fliehen lassen, aber jäh aus dem Schlaf geschreckt, handelte er wie unter einem Zwang.

Noch ein Dutzend Schritte. Nichtsahnend brach

Saya eben die Blume und nestelte sie in ihr nachtschwarzes Haar. Gleich würde sie ihr Spiegelbild im Wasser der Quelle anlachen. Sie trällerte ein Lied.

Diese Laute waren es, die den Tiger vollends um die Besinnung brachten. Sie klangen anders als Affengekecker und Fasanenruf, und sie gehörten mit zu dem Bild, das sich in seiner Erinnerung geformt hatte, jenes Bild eines schreienden, mit den Armen fuchtelnden Wesens, das auf weite Entfernung Wunden und Schmerzen verursachen konnte.

Er duckte sich zum Sprung. Ganz nahe war der Tod dem kleinen Kind, das da am Rande des Dschungelpfades lag. Noch ehe es zum Bewußtsein seiner selbst erwachte, nahte das große Dunkel, das Ende.

Es krachte und brach im Dickicht. Der bärtige Tigerkopf fuhr mit einem Ruck herum, die zum Sprung gespannten Muskeln streckten sich. Da war es auch schon, das graubraune, riesige Panzernashorn. Mit einem Gewicht von mehr als zwei Tonnen wuchtete es auf den verdutzten, überraschten Tiger herab. Wie jedes Wildtier tat er das einzig Mögliche. Er schnellte sich zur Seite, doch der schmerzende Schenkel gab nach. So erreichte ihn das Nashorn im Flug, prallte mit dem klobigen Kopf gegen seine Flanke. Der Tiger wurde beiseitegeschleudert wie ein welkes Blatt im Sturm. Er brüllte auf in Schmerz und Wut.

Mit einem gellenden Schrei fuhr Saya herum. Die Muttersorge ließ sie alle Gefahren vergessen. Sie dachte nur an ihr Kind, an den kleinen Dawi. Dornen zerfetzten ihr Gewand, sie stolperte, stürzte, sprang wieder auf. Jetzt war sie da und riß ihr Kind in die Arme.

Von Tiger und Nashorn erfaßte sie kaum mehr als einen Schatten. Schon war der Spuk im Dschungel untergetaucht. Nur noch ein Krachen, Schnauben und Stampfen zeigte die Bahn des Nashorns an. Wie immer, wenn es irgendein verdächtiger Laut aus dem Schlummer störte, war es blindlings losgerast. Es wollte fort von dem Störenden, es dachte gar nicht an Kampf. Zikadengeschrill und Papageiengekreisch hatten sein feines Gehör über die Richtung, aus der die näselnden Laute kamen, getäuscht. So war es geradewegs auf den Wechsel zugerast und mit dem Tiger zusammengeprallt.

Die gestreifte Katze flog in das starrende Geäst eines gestürzten Baumes. Aber im Augenblick war sie wieder auf den Beinen und glitt hinter den Stamm. Mit voller Wucht raste das Panzernashorn dagegen an und hob die gewaltige Last im Anprall halb aus der Grube, die der Baum im Sturz in den Urwaldboden gerissen hatte. Schnaubend änderte es die Richtung und stob davon. Es stapfte mitten hinein in das dichteste Unterholz. Gleich Fangstricken legten sich ihm Lianenranken um den Hals und Nacken, zäh wie Stahldrahttaue, mit fingerlangen, dolchspitzen Dornen bewehrt. Der gepanzerte Riese zerriß sie wie dünne Spinnweben. Seiner mehr als fingerdicken Haut konnten weder Dornen noch messerscharfe Schildblätter etwas anhaben.

Jetzt stand das Nashorn verblüfft still. Es hatte die Ursache der Störung, die singende Stimme, längst vergessen, und auch an den Tiger erinnerte es sich bereits nicht mehr. Ein wenig blöde blinzelte es vor sich hin, spielte mit den haarigen Ohren. Es schnaubte, schüttelte den klobigen Kopf, der ihm noch vom Anprall gegen den Stamm ein wenig brummte, und erinnerte sich dann der Suhle in den Tempelruinen. Unerträglich quälten die Zecken, Bremsen und Mücken in den empfindlichen Hautfalten, die das Nashorn nun einmal zwischen seinen Panzerplatten nötig hat, um beweglich zu bleiben. Das Bad, die Suhle würde ihm Erleichterung bringen.

Auf dem Wechsel stand Jagash neben Saya, die ihr schreiendes Bübchen in den Armen wiegte. Sie war von dem ausgestandenen Schreck noch ganz schwach und kraftlos, und auch Jagash mußte sich auf seinen Speer stützen, um das Zittern seiner Knie zu verbergen. Sie sagten kein Wort, nur ihre Augen sprachen. Waren sie sich nicht in dieser Stunde wiedergegeben zu einem neuen Leben? Hatten sie es je tiefer empfunden, wie schön es war in ihrem heimatlichen Dschungel, im Dorf, in der traulichen Hütte? Das Leben war ja so reich, so erfüllt!

Jetzt kauerte sich Jagash neben Saya nieder. In seiner Stimme zitterte noch die furchtbare Erregung nach, die ihn eben auf taumelnden Beinen über die Felswand herabgerissen hatte. „Mein Arm war zu schwach, dich und das Kind zu schützen. Ein anderer tat es. Die Seele meines Vaters ist nach ihrem Tod in das Nashorn gefahren. Ich sah, wie der Tiger unser Kind beschlich, wie er sich zum Sprung duckte. Das Nashorn, das im letzten Augenblick hervorbrach, hat unseren Dawi gerettet."

Scheu lauschte Saya auf das sich entfernende Brechen und Stampfen. Sie nickte, und in ihren Augen stand eine große Dankbarkeit. Sie legte die Hand auf den Arm Jagashs. „Nie wird dein Pfeil ein Nashorn treffen!"

Der Häuptling lächelte. Es war ihm und den Seinen kaum einmal in den Sinn gekommen, die Hand gegen den Gepanzerten zu erheben. Riesenstark war er, und selbst das Gift, in das sie zuweilen ihre Pfeilspitzen tauchten, vermochte ihn nicht zu fällen.

Ahmad, der Alte, blinzelte mit den geröteten, wimperlosen Lidern und mümmelte mit den zahnlosen Kiefern, als er von dem seltsamen Geschehen hörte. „Der kleine Dawi steht in einem starken Schutz. Nur der Elefant übertrifft das Nashorn an Stärke. Keines der Tiere aber kommt ihm an Kampfzorn und Mut gleich." Er kramte in dem Beutel, der um seinen Hals hing. „Reibe den Leib des Kindes mit dieser geheiligten Erde ein, sie mag den Zauber scheuchen, der über Dawis Weg liegt. Immerzu wird ihn die Feindschaft des Tigers verfolgen, den das Nashorn um seinetwillen in den Staub geworfen hat. Hüte Dawi vor dem Tiger!"

Ein Kind verschwindet

Die Männer und Frauen von Ogu gingen fleißig ihrer Arbeit nach. In den Reisfeldern jäteten sie Unkraut. Sie flochten Netze für den Fang, sie schnitzten Pfeile und Bogen, schärften die Speerspitzen, die sie von den Schmieden flußab eingetauscht hatten. Im Dschungel krähten die Hähne und Fasanen, mit schwerem Flügelschlag strichen die Nashornvögel über die Dorflichtung hinweg. Das Leben war heiter und leicht, seitdem das Nashorn den gestreiften Tod vertrieben hatte.

Jagash hatte mit ein paar Männern die Stätte des Kampfes aufgesucht und aus den Fährten gelesen, daß der Tiger, auf beiden Hinterbeinen hinkend, auswechselte. Seitdem knieten die Dschungeljäger ehrerbietig nieder, wenn sie zufällig auf das Nashorn stießen. Sie verehrten es als den Schutzgeist des ganzen Stammes, hatte es sie doch von großer Not und Sorge befreit.

Jetzt konnten die Frauen und Mädchen wieder sorglos schwatzen und lachen, wenn sie zum Wasserholen gingen. Sie brauchten nicht mehr so ängstlich auf die Jüngsten zu achten, und die kleinen nackten Bürschchen, die bereits mit ihren Kinderbogen nach Tauben jagten, durften wieder hinaus in den Dschungel.

Am muntersten von allen war Saya, die Häuptlingsfrau. Seit Dawis Geburt war sie noch schöner und fraulicher aufgeblüht, und alle Augen folgten ihr in Bewunderung und Neid. Selbst die Männer, die sich sonst nur wenig um die Frauen kümmerten, hoben die Köpfe, wenn sie ihren Schritt vernahmen. War sie darüber gar zu eitel und putzsüchtig geworden? Wo sie ging und stand, behängte sie sich mit duftenden Blumen, und immerzu wob sie und ersann neue Farbenmuster für die Tücher, die sie um ihren biegsamen, schlanken Körper legte.

Nun aber hatten sie die Dämonen für ihren Hochmut bestraft, und in die Tränen mitleidiger Freundinnen mischte sich manch schadenfrohes Kichern. Freilich, daß Dawi, der kleine, muntere Häuptlingssohn, die Sünden seiner Mutter büßen mußte, das war bitter und das tat allen im Dorf leid.

Wohl zum hundertsten Male erzählte Saya, die sich im Schmerz die Haare raufte und die Brust blutig kratzte, wie es zugegangen war. „Ich hatte Dawi nur für eine Weile unter einem Busch niedergelegt, um in der Nähe nach Baumengerlingen zu suchen. Alle Augenblicke sah ich mich nach dem Knaben um. Er schwatzte und lachte, kroch auf allen vieren umher nach Kinderart. Eben sah ich noch das rote Tuch, in das ich ihn gewickelt hatte, hörte sein Quieken. Dann war plötzlich alles still."

„Alles war still", mümmelten die alten Weiber. „Du hast gar nichts gehört, keinen Schrei, kein Rascheln, wie man es vernimmt, wenn ein großes Tier durch die Büsche streicht?"

Verzweifelt schüttelte Saya den Kopf. „Ich sage es doch immer wieder, es war so ruhig im Busch, daß ich das Klopfen meines eigenen Herzens hörte!"

„Nirgends fanden die Männer eine Spur", murmelte ein altes Weib und schob das Kinn fast bis zur Nasenspitze empor. Hämisch sah sie aus, wie eine Buschhexe. Vagi haßte Saya insgeheim, denn ihre eigenen Kinder hatten alle krumme Beine, waren verwachsen und so häßlich, daß sich niemand um sie kümmerte. Die Häuptlingsfrau fuhr denn auch wütend auf die Alte los, und die Umstehenden hatten Mühe, die Streitenden zu trennen.

Es waren fast nur Frauen und alte Männer im Dorf, denn alle andern streiften unermüdlich mit Jagash umher auf der Suche nach Dawi. Der harte Boden unter dem Busch wies keinerlei Fährtenabdrücke auf. So waren sie ganz auf den Zufall und auf die Hilfe der Geister angewiesen. Ahmad, der mit ihnen ausgezogen war, unterstützte sie mit seinen stärksten Zaubersprüchen. Einmal wagte er das Äußerste, er drang tief in die Tempelruinen ein, die doch für jedermann tabu waren, und brachte dort ein Opfer. Aber auch das nützte nichts. Allmählich erlahmte der Eifer der Männer, sie folgten Jagash nur noch mürrisch und liefen mit hängenden Köpfen achtlos hinter ihm her. Zuletzt verzichtete er auf ihre Hilfe, die ja in Wirklichkeit gar keine mehr war. Ganz allein suchte er im Dschungel von Owati nach seinem Dawi, seinem Sohn.

Zuweilen, wenn er sich ganz unbeobachtet wußte, stand er auf ragendem Fels hoch über dem Dschungel und rief nach seinen Kind mit allen Kosenamen, die er ihm je gegeben hatte, während ihm die Tränen über die eingefallenen Wangen rollten.

Vergebens, nicht eine Spur fand er von Dawi, nur das rote Tuch entdeckte er schließlich in einem Dornstrauch, zerrissen und zerfetzt. Es klebte kein Blut an dem Gewebe. Daran klammerte sich Jagash, und mehr noch die trostlose Saya. Dawi lebte, und irgendwann einmal kehrte er nach Ogu zurück. Sie glaubte es, und allmählich kam auch Jagash zu dieser Überzeugung.

Die Horde des grauköpfigen Rhesus war zufällig an dem Busch vorbeigekommen, unter dem Dawi lag. Sein Lallen lockte eines der Weibchen, das vor Tagen sein Junges verloren hatte. Die Mütterlichkeit des einohrigen Affenweibchens regte sich angesichts des Kindes übermächtig. Sie nahm es in ihre haarigen Arme, und im nächsten Augenblick vergaß sie alles um sich her. Dawi war ihr Kind. Sie folgte eilig der vorangezogenen Horde. Mit der Linken preßte sie das Kind an sich und lief auf drei Beinen. Das Kleine hätte sich nach Affenart festklammern müssen, um so der Alten den Gebrauch aller vier Pfoten zu ermöglichen.

Die Einohrige hatte ihre Sorge mit dem Pflegekind. Es war plumper als die gleichaltrigen jungen Äffchen und so schrecklich tapsig und ungeschickt. Obendrein war sein Körperchen ganz nackt, und jetzt, nachdem gewandte Affenfinger das rote Tuch abgewickelt und weggeworfen hatten, fror es oft und drängte sich zitternd und quäkend an den haarigen Leib der Alten.

Dawi war noch zu klein, um den Wechsel richtig zu erfassen. Wohl jammerte er in den ersten Tagen nach seiner Mutter und ließ sich nur mit Mühe von der Äffin beruhigen, aber schließlich gab er sich zufrieden. Selbst der Graukopf, der am Anfang mit gefletschten Zähnen gegen den unerwünschten Zuwachs seiner Horde protestiert hatte, gewöhnte sich an Dawi. Mit dem roten Tuch war ja auch ein gut Teil der menschlichen Witterung, des Geruches der rauchigen Hütte, zurückgeblieben, und jetzt hatte der Kleine bereits den Duft der Horde angenommen. In sicheren Felsspalten, hoch oben in den Wänden, verbrachten die Affen die Nächte.

Die Einohrige ruhte nicht eher, als bis sie sich mitten in den Knäuel der Weibchen und Jungtiere hineingedrängt hatte. Hier war es warm und behaglich, kein rauher Hauch drang bis zu ihrem Liebling herein, den sie zärtlich in den Armen hielt. Die Hilflosigkeit und Ungeschicklichkeit des jungen Menschenkindes behagte der Alten. Endlich einmal durfte sie ganz und gar Mutter sein. Ihre Jungäffchen waren nur gar zu rasch selbständig geworden; Dawi dagegen brauchte sie auf Schritt und Tritt. Wie oft war der Kleine, wenn er auf allen vieren auf schmalen Felsbändern umherkroch, in Gefahr, abzustürzen! Aber jedesmal erwischte ihn die Einohrige noch mit schnellem Griff an Armen oder Beinen.

Graukopf, der Hordenführer, wollte, erbost über so viel Tollpatschigkeit, oft über Dawi herfallen, aber zähnefletschend trat ihm das Weibchen entgegen. Die

Einohrige war bereit, für den Kleinen bis zum letzten Blutstropfen zu kämpfen.

Die Regenzeit mit ihrer Kälte hätte Dawi leicht den Tod bringen können. Aber er war nun schon recht abgehärtet und verstand es auch immer, sich den wärmsten Platz zu sichern. Nicht selten kroch er im Knäuel der sich um den Hordenführer scharenden Affen bis zu dem Graukopf selber hinein und ließ sich weder durch Knurren noch durch Kratzen vertreiben.

Und jetzt hatte Dawi bereits angefangen, die Affensprache zu erlernen. Wenn Graukopf, der Alte, die Horde warnte, so lief er augenblicklich auf seine Pflegemutter zu und schwang sich mit einiger Nachhilfe auf ihren Rücken, wo er sich mit Armen und Beinen festklammerte. Wenn er hungrig war, so bettelte er wie die anderen Jungäffchen um einen Trunk, und gegen zudringliche Spielgefährten setzte er sich bereits mit Zähnefletschen und Keckern zur Wehr. Fühlte er sich wohl, so gab er dies mit kleinen, zärtlichen Lauten zu erkennen.

Die zwei, drei Dutzend Laute der Affensprache, die selbst das Ohr eines Dschungelmenschen nicht alle zu unterscheiden und zu enträtseln vermag, beherrschte Dawi bald. Die Zeit verstrich und Dawi lernte es, gewandt in den Felsen zu klettern. Auch in Baum und Busch zeigte er sich nicht ungeschickt. Die Natur war ein harter Lehrmeister und strafte jeden Fehltritt mit Prellungen und blutigen Rissen.

Bald trug Dawi am ganzen Körper Narben und schorfige Stellen. Häufig setzten die allgegenwärtigen Mücken und Fliegen ihre Eier in die Wunden. Doch die Pflege der Einohrigen sorgte dafür, daß sie nie zur Entwicklung kamen. Sie duldete nicht die geringste Unsauberkeit an ihrem Pflegesohn, beleckte jeden blutigen Riß, bis er sich schloß und verheilte.

Dawis Handflächen wurden hart und ledrig, ebenso seine Knie. Die Fußzehen lernte er wie die Hände zu gebrauchen. Er konnte sich mit ihnen geschickt an Ranken und dünnen Ästen festklammern. Ja, nun lief er schon affenflink an den Stämmen rauhborkiger Bäume empor.

Es war wohl auch gut so, denn die Einohrige war in letzter Zeit ein wenig schwerfällig geworden. Eines Abends trieb sie Dawi, der wie immer bei ihr Schutz und Wärme suchte, zähnefletschend fort, und am Morgen wiegte sie ein kleines Äffchen in den Armen. So oft ihr Dawi zu nahe kam, knurrte sie böse, und einmal versetzte sie ihm einen durchaus ernstgemeinten Biß.

Der Kleine wimmerte und suchte bei einem anderen Affenweibchen Schutz, das sich seiner auch annahm, ihn jedoch oft genug vergaß und ihm keineswegs die Mutter ersetzte. Doch abermals hatte Dawi Glück.

Der kleine Neugeborene erkrankte und starb. In überströmender Zärtlichkeit nahm sich die Einohrige Dawis wieder an. Sie konnte nicht genug davon bekommen, ihn zu liebkosen und zu hätscheln, und Dawi ließ es sich mit behaglichem Murmeln gefallen. Längst hatte er sich an Früchte, saftige Wurzeln, süße Triebe aller Art gewöhnt. Daneben grub er mit geschickten Fingern fette Baumengerlinge aus morschen Wurzelstrünken und faulenden Stämmen. Er hob jeden Stein auf, zog darunter Würmer und Käfer hervor. Nach einigen schmerzlichen Erfahrungen hatte er auch gelernt, wie man den wehrhaften unter ihnen Stacheln und Zangen abriß. Dawi wußte, wie man Schmetterlinge unter den Blättern suchte und deren Puppen aus den Rindenspalten herausholte. Er plünderte mit der Horde gelegentlich sogar ein Vogelnest und ließ sich die Eier schmecken, gleichviel, ob sie frisch oder angebrütet waren. Häufig richtete sich Dawi auch auf, aber stets stützte er sich dabei mit einer Hand an einem Felsen oder an einem Baum. Längst hätte er im Dorf das Aufrechtgehen erlernt, hier, unter Vierfüßlern, dachte er nicht daran. Dagegen übte er sich im Lauf auf allen vieren und war nun auf der Flucht bald ebenso flink wie die Rhesusaffen.

Die Horde, zu der Dawi gehörte, hielt sich mit Vorliebe in den Felswänden der Waldberge auf. Doch zur

Äsung kamen die Rhesusaffen herab in die Niederung, wo sie auf dem Erdboden dahinliefen. Nur bei Gefahr oder wenn ihnen sumpfiger, morastiger Grund den Pfad sperrte, kletterten sie auf die Bäume.

Vor Dawis Augen öffneten sich die Tiefen des Dschungels und erschlossen ihm seine Geheimnisse. Er wußte, daß es harmlose und gefährliche Tiere gab. Selbst beim Nestplündern mußte man sich vorsehen, denn so manche Vögel griffen mit Krummschnabel und Klaue an.

Aber weit gefährlicher waren die Leoparden, die gefleckten Katzen, die zuweilen die Schlafhöhlen der Rhesusaffen in den Felsen beschlichen und ihnen im Busch auflauerten. Starr vor Schreck hatte es Dawi einmal erlebt, wie einer seiner Spielgefährten, mit dem er sich zu weit von der Horde entfernt hatte, von einem Raubtier gerissen wurde. Ohne Warnung kam es über sie, eben als sie sich aufrichteten, um miteinander zu kämpfen. Ein heller, schwarzgefleckter Schatten löste sich von einem Baumast, mit dessen schuppiger Rinde er ganz eins gewesen war. Dawi stieß den Warnruf aus, gellend, schrill, in Todesangst. Er warf sich zur Seite, während hinter ihm der halbwüchsige Rhesusaffe unter einem Prankenhieb verendete. Knurrend lag der Leopard über seinem Opfer. Er duckte sich, wollte dem flüchtenden Dawi im Sprung folgen, doch nun hatte der Junge bereits eine Lianenranke erreicht, an der er sich blitzschnell emporschwang.

Der Überfall des Leoparden war für Dawi eine gute Lehre. Er verlor viel von seinem Übermut und seiner Selbstsicherheit und fügte sich willig den Befehlen des Graukopfes. War er bislang zum Ärger des Alten oft eigenmächtig in die Büsche gelaufen, lange, ehe dieser das Zeichen gab, so hielt er sich jetzt stets in der Mitte der Horde und flüchtete beim ersten Warnlaut in die Bäume.

Niemals lag in den Schrecklauten des Grauköpfigen so viel Entsetzen und zitternde Angst wie beim Anblick einer Schlange. Vor ihr, die sich mit ihrer buntschuppigen Haut und ihrem langgestreckten Leib so gut dem fleckigen Geäst der Bäume anzupassen verstand, die im Licht- und Schattenspiel der Halme unsichtbar wurde, fürchteten sich die Rhesusaffen am meisten. Noch wußte Dawi nichts von den Riesenkräften der großen Boa und noch weniger von den Gifthaken der Kobra oder der Viper. Trotzdem packte auch ihn lähmendes Entsetzen beim Anblick der Beinlosen. Allein schon der Umstand, daß sich ein eben noch starrer Ast im nächsten Augenblick in ein zischendes, pfeifendes Tier verwandeln konnte, das sich hoch aufrichtete und mit starrem Blick sein Opfer lähmte, machte sie ihm furchtbar.

Aber er sollte das ganze Grauen, das von den Kriechtieren ausging, noch kennenlernen.

Schreiend und schwatzend durchzog die Horde den Wald am Fuß der Felswand, in der sie genächtigt hatte. Die Alten suchten eifrig nach Eßbarem, die Jungen spielten, um sogleich herbeizulaufen, wenn eines der Weibchen einen Fund machte, im Boden zu scharren begann oder einen Stein aufhob. Dawi, der langsam anfing, seinen Verstand zu gebrauchen, machte eine Entdeckung. Am Fuße eines Baumes bemerkte er in einem Grasbüschel das Blinken einer Eierschale. Er bog ein paar Zweige beiseite. Richtig, da lag ein Hühnernest mit fast einem Dutzend großer, braungefleckter Eier! Ein Affe wäre gleich darauf zugesprungen, hätte seine Freude wohl gar mit einem halblauten Ruf verraten, die andern angelockt. Nicht so Dawi. Der Futterneid, diese erste Regung des Selbsterhaltungstriebes, beherrschte ihn ebenso wie die Affen. Oft genug stahlen sie ihm flinkfingrig den eben ergatterten Bissen vom Mund weg. Er hatte gelernt, sich seiner angeborenen Schlauheit zu bedienen. So folgte er der Horde noch eine kurze Strecke, setzte sich dann nieder, kratzte sich und spielte den Gelangweilten. Und jetzt, als er sich von keinem der Affen beobachtet sah, schlüpfte er unter einen Busch und kehrte im Bogen zu dem Baum zurück, an dessen Fuß das Nest lag.

Das Huhn hatte auf Augenblicke sein Gelege verlassen, um in einem aufgescharrten Loch nebenan ein Staubbad zu nehmen. Dawi duckte sich und streckte schon die Hand nach den leckeren Eiern aus, als er jählings erstarrte. Er vernahm ein scharfes Zischen und sah, wie sich vor ihm aus dem Gras eine Kobra erhob. Ihr Hals verbreiterte sich, zeigte sein Kainsmal, die Brille. Züngelnd drohte sie dem kleinen Burschen, der ihr so unverhofft in den Weg getreten war.

Dawi fühlte, wie ihm Eiseskälte von den Beinen über den ganzen Körper kroch. Sein Gesicht verzerrte sich, Speichel tropfte von seinen zitternden Lippen. Er versuchte zu rufen, aber nun saß ihm die Lähmung schon im Halse, er konnte nur wimmern und winseln. Vergebens versuchte er die Starre abzuschütteln, den Kopf zu wenden. Wie gebannt hockte er da, Auge in Auge mit der Kobra, Auge in Auge mit dem Tod, von dessen Furchtbarkeit und Unerbittlichkeit er noch keine Ahnung hatte.

Warum wollte die lähmende Angst sich nicht überwinden und abschütteln lassen? Dawi war es doch noch immer gelungen, nach dem ersten Schreck zu fliehen oder sich zur Wehr zu setzen. Wieder wimmerte er. In der Ferne hörte er des Graukopfs herrischen Ruf, mit dem er die Herde sammelte. Dawi nahm alle Kraft zusammen, er wollte einen erlösenden Schrei ausstoßen, so gellend, wie es keiner der Affen konnte, um dann im Sprung in die Lianen zu schnellen, wie schon hundertmal zuvor.

Das Huhn hatte sich aus dem Staubbad erhoben. Die Sorge um die Eier erwachte in seinem winzigen Gehirn. Es gackerte laut auf vor Schreck beim Anblick des sitzenden Jungen. Der Schrei und das Geflatter des Huhnes lösten endlich den Bann. Eben als die Schlange zustoßen wollte, warf er sich nach hinten und schwang sich mit einem Ruck auf einen Ast empor. Er schwitzte am ganzen Körper, und noch einmal wollte ihn die Kraft verlassen.

Das Huhn war in sein Nest geflattert, und das aufgeregte Gebaren hatte die gereizte Kobra vollends wütend gemacht. Ihr Zischen klang böse, drohend, und jetzt fuhr sie zu. Über seinen Eiern kauernd, mit gebreiteten Flügeln, nahm das Huhn den Tod hin. Es gackerte noch einmal nach dem Biß, schlug um sich und lag dann mit den Füßen nach oben sterbend auf dem Rücken. Ohne sich weiter um Huhn und Eier zu kümmern, strebte die Kobra ihrem Loch zu.

Eilig lief Dawi hinter der Horde her und wurde von der Einohrigen mit sanftem Vorwurf empfangen. Schnatternd und schreiend versuchte er ihr sein schreckliches Erlebnis zu schildern. Es wollte ihm nicht gelingen, aber willig ließ er sich von seiner Pflegemutter in die Arme nehmen, obschon er dafür eigentlich längst zu groß geworden war.

In Urwald und Fels

Aus Dawi, dem Häuptlingskind, war ein sehniger, schmaler Junge geworden, mit Muskeln so hart wie die Äste des Eisenholzbaumes. Er witterte wie ein Wildtier, und das leiseste Geräusch weckte ihn aus dem Schlaf. Scharfäugig spähte er umher, und wenn es sein mußte, kämpfte er so wild und erbittert wie die Rhesusaffen mit Klauen und Zähnen.

Dawi hatte längst alle Listen der Affen erlernt, ja, er übertraf die Horde, denn er ersann immerzu neue Streiche und Schelmereien. Er neckte den alten Graukopf und die anderen Männchen der Horde, daß sie sich zuweilen zusammenschlossen und auf den Quälgeist Jagd machten. Aber noch mehr als das, er fing an, die Beziehungen zwischen den Dingen, Lebewesen und Handlungen zu unterscheiden. Sein menschlicher Verstand regte sich.

Zuweilen beschlich ihn der alte Hordenführer, der instinktiv in ihm den Überlegenen, den Stärkeren heranwachsen sah, mit dem er einst um die Herrschaft würde kämpfen müssen. War es nicht besser, den Vorwitzigen rechtzeitig zu vertreiben? Aber Dawi war auf der Hut. Bereits größer als Graukopf, richtete er sich mit gefletschten Zähnen auf, und aus seinen Augen blitzte so viel Klugheit und Verstand, daß sich der Alte jedesmal wieder grollend zurückzog. An einem frühen Morgen saß die Horde wie gewöhnlich auf den hohen Felsen und wartete auf die Sonne, die ihnen die Nachtkälte aus den Gliedern treiben sollte. Graukopf gähnte und ließ sich das Rückenfell kämmen. Er raunzte ärgerlich, als er merkte, daß die Einohrige von ihm abrückte, um Dawi die langen, bis in die Stirn fallenden schwarzen Haare zu reinigen. Aber der Junge fletschte gleich ihm die Zähne und tat, als wollte er die Herausforderung annehmen.

Mit wachsamen Augen verfolgten die anderen Männchen der Horde das Spiel. Längst war ihnen klargeworden, daß es zwischen dem Alten und Dawi früher oder später zum Kampf kommen würde. Der Sieger würde die Horde führen. Schon jetzt hielten sich zwei, drei Familien immer in Dawis Nähe, dessen Größe und Entschlossenheit ihnen Vertrauen einflößte.

Doch wieder einmal wurde der Alte unschlüssig. Er tat, als merke er nichts von der Herausforderung, als sei es unter seiner Würde, sich mit solch einem jungen Affenlümmel zu schlagen. Er äugte nach unten – und

jetzt hatte er etwas anderes zu tun, als sich um Hordenstreitigkeiten zu kümmern. Da unten in den Büschen schlich ein Leopard, ein Affenmörder. Mit gekniffenen Sehern äugte er herauf. Nun duckte er sich in eine Felsspalte, um gedeckt durch Farn und Gebüsch hangauf zu schleichen.

Zu spät! Graukopf stieß einen rauhen Warnruf aus. Die Männchen, die Weibchen, die Halbwüchsigen, alle gerieten in Aufregung. Sie pfiffen, keckerten, schnatterten, stießen zornige Schreie aus. Damit nicht genug; sie griffen nach Steinen, bröckelten loses Geröll aus der Wand, und nun prasselte eine Lawine von Wurfgeschossen über die Felswand hinab! Das war ein Spiel, das Dawi besonders liebte. Er hüpfte auf allen vieren, schrie gellend und packte mit nerviger Faust einen kantigen Felsbrocken. Hoch richtete er sich auf, hielt sich mit der Linken an einer zähen Wurzel, während er ausholte und in sicherem Wurf den Stein gerade dort in die Büsche schleuderte, wo sich eben ein Stück des gefleckten Felles der Katze zeigte.

Den Affen der Horde ging es nur darum, mit ihren Steinwürfen den Feind zu vertreiben; Dawi aber hatte treffen gelernt. Laut brüllte und fauchte der Leopard und schnellte aus der Spalte heraus. Mit aufgerissenem Fang drohte er zu der Affenhorde herauf. Ein paar Ängstliche flüchteten in die Wand hinein. Graukopf und die Männchen blieben mit gesträubtem Fell stehen und ließen eine neue Lawine von Geröll niedergehen. Dawi stieß seltsame Laute aus, er lachte voll Übermut. Und wieder traf sein Steinwurf...

Hinkend verschwand der Leopard in den Büschen. Der Junge aber oben auf dem Fels, dessen narbiger, nackter Körper in der Sonne wie Bronze glänzte, schrie alle Schimpfworte der Affensprache hinter ihm her und tat aufs Geratewohl noch ein paar Würfe, die klatschend in den Busch niederschlugen, immer gerade dort, wo sich eine Bewegung zeigte.

Bei jeder Gelegenheit übte sich Dawi im Steinwurf. Seine Geschicklichkeit wuchs, und nicht selten richtete er sich dabei hoch auf, ein Anblick, der Graukopf stets ein bösartiges Knurren entlockte. Aber noch hatte der kleine Dschungelläufer nicht begriffen, welche Waffe im Kampf um das Dasein ihm mit dem Wurfstein in die Hände gegeben wurde. Einstweilen waren seine Würfe noch immer Spiel und Neckerei, wenn sie auch für den Getroffenen oft recht schmerzhaft waren. Dawi hatte kein Empfinden dafür, daß er damit anderen Schmerzen zufügte. Er sah nur ihr Zusammenzucken, ihr Erschrecken, ihre Flucht. War es nicht lustig anzusehen, wie ein im Schlamm liegender Hirsch, vom Stein getroffen, plötzlich hoch aufschnellte, daß Schlamm und Wasser nach allen Seiten spritzten? In rasender Flucht jagte er davon, während sein Geweih Ranken und Lianen mitriß. Bei solch einem Anblick stieß Dawi immer diese seltsamen Laute aus, die seinen haarigen Freunden so unbehaglich waren. Er lachte laut und klatschte in die Hände, hüpfte wohl auch aufrecht umher. Mit drohend gefletschten Zähnen näherte sich ihm jedesmal, wenn er gar zu übermütig wurde, der alte Graukopf, und sein Auftreten, hinter dem sich heimliche Furcht vor dem großen Burschen verbarg, schüchterte

Dawi ein. Er hatte seine Kräfte noch nie in einem ernsthaften Kampf erprobt, und es fehlte ihm das Selbstvertrauen. Trotz seiner Größe war er ja, verglichen mit den ausgewachsenen Affenmännchen, immer noch ein Kind, ein Knabe. Sein Spieltrieb war zwar nicht zu bändigen. Je kräftiger er heranwuchs, je leichter es ihm fiel, den Hunger zu stillen, um so übermütiger wurde er.

Ganz von selbst warf er sich zum Anführer der Halbwüchsigen auf. Mit ihm wagten sie es, die Horde zu verlassen, in der Nähe herumzustreifen und allerlei Streiche auszuführen.

Lähmend lag die Mittagshitze über dem Dschungel. Das Keckern der Affen, das Kreischen der Papageien und das Locken der Hühner und Fasanen war verstummt. Auf den Wildwechseln war es ruhig, denn jetzt, da die dumpfe Schwüle jede Bewegung zur Qual machte, ruhte alles Getier im Schatten. Das Nashorn hatte sich in seinen Bau zurückgezogen, in eine von dichtem Buschwerk gebildete natürliche Höhle. Bis zum Rücken standen die Büffel im Sumpf, Hirsch, Bär, Leopard und Tiger schliefen.

Auch die Affenhorde rastete nach der Morgenwanderung in einer schattigen Baumkrone. Wohl war der Fels ihr eigentliches Wohngebiet, aber um diese Zeit war es im Gestein unerträglich heiß. Die Mütter kauerten in den Astgabeln und hielten die Kleinen im Arm, Graukopf saß auf einem dürren Ast, der ihm freien Ausblick bot. Er schlief, aber in kurzen Abständen öffnete er die Augen, und kein Geräusch entging ihm. Als Hordenführer war er zu ständiger Wachsamkeit verpflichtet. Wehe ihm, wenn durch sein Versagen eines der Tiere zu Schaden kam! Empörung wäre die Folge gewesen, Aufruhr gegen den, der sich als unfähig zur Führerschaft erwiesen hatte!

Dawi saß in der Nähe seiner Affenmutter, der Einohrigen. An ihrer Brust hing ein kleines Äffchen festgeklammert, das er nicht ohne Eifersucht betrachtete. War es die Zärtlichkeit der Alten für ihr Neugeborenes, was ihn ärgerte? Er gähnte, lehnte sich mit hochgezogenen Knien gegen den Stamm, aber er fand keinen Schlaf. Schließlich erhob er sich und schwang sich auf einen Ast, der unter seinem Gewicht zu schwanken begann.

Graukopf grunzte ärgerlich über die Störung, aber Dawi kümmerte sich nicht darum. Im Gegenteil, er schaukelte jetzt mit vollem Gewicht. Ein Pfeifen, Schreien und Keckern war die Folge. Die ganze Horde wachte auf und beschwerte sich über die gestörte Mittagsruhe. Ein paar halbwüchsige Affen liefen zu Dawi hinaus, und von ihnen gefolgt schwang er sich in den

Nachbarbaum. Die Lausbuben des Dschungels streiften umher, um Unfug zu stiften.

Schon hatten sie einen Flug Papageien aufgestöbert und davongescheucht. Jetzt stritten sie um die Eier in einem Taubennest und zerdrückten sie dabei. Plötzlich gab Dawi das Warnzeichen. Mit gesträubten Kopfhaaren folgten ihm die Äffchen. Unter einem uralten, lianenbehangenen Baumriesen hatte er die Elefanten entdeckt. Mit den Köpfen gegen den Stamm standen sie und schliefen. Nur die Ohren klappten, die Rüsselspitzen schwankten, und der Herdenbulle, ein riesiges Tier mit großen Stoßzähnen, wiegte sich von einer Seite nach der andern.

Die Augen der Affen blitzten vor Bosheit, und Dawi, ihr Anführer, lachte, daß seine Zähne blinkten. Das war ein Spaß! Wie auf ein Zeichen prasselten dürre Äste, Rindenstücke, reife Früchte auf die grauen Rücken herab. Es rumpelte in den riesigen Leibern der Elefanten. Die Jüngeren wurden unruhig. Jetzt trompetete ein Kalb, das von einem Astknorren aus Dawis Hand auf den empfindlichen Rüssel getroffen wurde, und brachte damit die ganze Herde in Aufregung. Die Elefanten schoben sich durcheinander, wobei ihre rauhe, borkige Haut vernehmlich scheuerte. Sie schwenkten die Rüssel, sie hoben die Köpfe. Wie eine Riesenschlange schob sich der Rüssel des Herdenbullen in das

Geäst. Hurtig turnten die Affen nach oben, und auch Dawi griff nach einer Liane. Aber da, fast wäre er rückwärts abgestürzt, denn der Bulle prustete, blies ihm aus seinen gewaltigen Lungen heiße Luft, Schleim und Wasser ins Gesicht.

Dawi rief ihm Schimpfworte in der Affensprache hinab und suchte nach Wurfgeschossen, um sich zu rächen. Da zitterte der ganze Baum bis hinauf in die äußersten Blattspitzen, denn mit eingerolltem Rüssel und gesenktem Kopf hatte sich der Bulle gegen den Stamm geworfen. Kekekekek! War das nicht ein herrlicher Spaß? Ringsum war es im Dschungel laut geworden. Das Elefantentrompeten hatte die Büffel aus der Suhle, den Hirsch aus dem Lager und den Bären aus dem hohlen Baum getrieben. Hurtig turnten die Lausbuben zum Schlafbaum der Horde zurück, wo eben Graukopf das Zeichen zum Aufbruch gab. An Schlaf war ja doch nicht zu denken, wenn diese ungezogenen Bengel umherstreunten. Ein paar der Affenmänner keckerten und grunzten. So etwas von Ungehorsam und Bosheit war ihnen noch nicht vorgekommen! Sie erinnerten sich wohl an die eigene Jugend und an die energischen Erziehungsmaßnahmen ihrer Väter, aber schließlich war es nicht ihre Sache, Dawi und die Jungaffen zu prügeln, das hatte Graukopf zu besorgen. Er tat es denn auch. Alle Augenblicke schrie einer der Halbwüchsigen gellend auf, wenn er dem Alten zu nahe kam. Nur an den Anstifter des Unfugs wagte der Graukopf sich nicht heran.

Unheimliche Jagd

Dawi hatte etwas Neues gelernt. Da saß er in den Büschen, und um ihn gaukelten die prächtig schillernden großen Schmetterlinge des Dschungels. Immer wieder versuchte er sie zu fangen, denn sie schmeckten gut. Aber es war nicht so leicht. Die Falter gaukelten zur Seite, sie stiegen wie vom Windhauch gehoben nach oben – und Dawi hatte das Nachsehen.

Unwillkürlich griff Dawi nach einer Rute. Er versuchte, sie nach den Faltern zu werfen, aber sie war zu leicht dazu. Gewandt fing er sie wieder auf, und jetzt hieb er damit nach den Schmetterlingen. Schon der erste Streich hatte getroffen. Mit zerfetzten Flügeln fiel der Falter herab und wurde von Dawi erfaßt. Er schmauste schmatzend.

Doch dann griff er wieder nach der Rute und besah sie. Er tat ein paar pfeifende Lufthiebe. Oho, damit hatte er ja ein richtiges Werkzeug entdeckt! Mit Hilfe einer Gerte konnte er die Reichweite seiner Arme verlängern. Dawi ging nun ernstlich mit dem Zweig auf die Schmetterlingsjagd; auch den einen und anderen kleinen Vogel erbeutete er auf diese Weise. Man mußte nur stillsitzen und die Gelegenheit zum Schlag abpassen. Nicht jeder Hieb traf, aber mit der Zeit wurde Dawi immer geschickter. Der eine und andere der Horde ahmte ihn wohl nach, aber keiner der Affen erfaßte den Gebrauch von Werkzeugen so wie Dawi. Staunend sahen sie zu, wie er eisenharte Nüsse mit Hilfe eines spitzen Steines aufhämmerte. Sie hatten die Nüsse bislang sets aus großer Höhe gegen Felsen geworfen.

Einmal belauschte die Rhesushorde seltsame, fremdartige Wesen, die tief unter ihnen auf schmalem Dschungelpfad dahinschritten. Sie gingen aufrecht, ihre Körper waren nackt wie der Dawis. Der Kleine staunte sie mit offenem Mund an. Speichel tropfte ihm auf die nackten Schenkel, er merkte es nicht.

Mit seltsamen Geschossen holten diese Wesen Vögel und Hühner aus der Luft herunter. Dawi fand, nachdem sie abzogen waren, einen der seltsamen, stumpfen Stöcke, die sie so geschickt in die Baumkronen schleuderten. Nachdenklich kratzte er sich den struppigen Schopf. Der Pfeil trug das Zeichen Jagashs, seines Vaters, aber ahnungslos glitten seine Finger über die eingeschnittenen Kerben. Er versuchte mit dem Pfeil zu werfen, aber es gelang ihm nicht, und schließlich ließ er ihn wieder fallen.

Über einem aufregenden Erlebnis vergaß er die Begegnung mit den glatthäutigen, aufrecht gehenden Dschungelmenschen. Da war er wieder, der gestreifte, hinkende Riese, Urruwo, der Tiger. Schon bei seiner ersten Begegnung mit der Katze duckte er sich vor Furcht. Die gelben Seher, die grimmige Miene, das Knurren, die scharfe Raubtierwitterung verrieten ihm, daß er sich vor diesem Wesen hüten mußte, noch ehe er den Warnruf des Grauen vernahm. Der Ruf hatte ja ein Dutzend Abstufungen, jetzt aber klang er rauh, heiser, halb erstickt vor Angst. Eine ganze Weile kauerte Dawi regungslos in einer Astgabel und starrte auf den Tiger hinab. Allmählich legte sich das Grauen, das ihn gepackt hatte. Als der Tiger weitertrabte, überwand er die Furcht und folgte ihm hoch im Geäst der Bäume. Soviel hatte er begriffen, daß er hier oben sicher war vor dem Gestreiften.

Und wieder einmal enthüllte ihm der Dschungel eines seiner Geheimnisse. Er sah, wie sich der Tiger an einem Tümpel auf die Lauer legte, wie sein gestreiftes Fell ganz eins wurde mit dem Stengelgewirr, dem Licht- und Schattenspiel des Schilfes. Er hörte das Schnauben und Stapfen der Büffelherde und erlebte den schnellen, furchtbaren Tod, der wie der Blitz aus einer Gewitterwolke niederfuhr. Dawi hing wie erstarrt im Geäst, als die Nackenwirbel des Büffelkalbes unter einem Prankenhieb brachen. Er zitterte vor Entsetzen beim Anblick des knurrend auf seiner Beute liegenden Tigers, der mit rauher Zunge die von seinen Pranken gerissenen Wunden beleckte und mit dem Mahl begann.

Seit dieser Stunde kannte Dawi den Haß. Er fürchtete den Gewaltigen und fühlte zugleich einen Zorn in sich, der die zitternde Angst verscheuchte. Sooft er auf den Tiger stieß, verfolgte er ihn mit lautem Warngekreisch. Seine schrillen Rufe scheuchten alles Wild ringsum auf, und manchesmal verleidete er dem Hinkenden die Jagd. Wo immer es anging, warf er mit dürren Ästen und unreifen Früchten nach ihm. Der Tiger kannte und haßte seinen Quälgeist nicht minder. Zuweilen versuchte er in gewaltigem Sprung den Baum zu erklettern, auf dem Dawi saß. Tief bohrten sich seine scharfen Krallen in die Rinde. Er brüllte vor Wut, und Dawi zog es vor, bis in die Wipfel hinaufzuklettern und den Gestreiften von sicherer Höhe aus zu verhöhnen. Er wußte, daß er verloren war, wenn er dem Tiger einmal auf dem Boden begegnete; aber das gefährliche Spiel reizte ihn zu immer tolleren Wagnissen. Zuweilen traf er den Tiger mit einem Steinwurf so hart, daß das Raubtier gellend aufschrie.

Dann wies ihm Dawi die Zähne und versuchte sein Fauchen nachzuahmen. Einmal würden sie es miteinander austragen, und wehe demjenigen, der dann unterlag!

Der Wurfstein war und blieb Dawis liebstes Werkzeug. Jetzt traf er schon mit untrüglicher Sicherheit und holte jeden Vogel aus den Bäumen. Aber noch immer hatte er nicht begriffen, welch gefährliche Waffe er damit besaß.

Wieder einmal hatte er sich um die stille Mittagszeit von der Horde entfernt, um ein wenig in den Büschen zu stöbern. Irgend etwas fand sich immer, sei es ein schmackhafter Käfer, ein Nest mit Eiern oder eine Waldratte. Dawi spürte mehr und mehr Verlangen nach tierischer Kost.

Eben hatte er ein Ameisennest unter der losen Rinde eines gestürzten Baumes entdeckt und begann, die leckeren Larven herauszuklauben und zu verzehren. Immer wieder richtete er sich dabei halb auf und sicherte, denn der nächste rettende Baum war mehr als zwanzig Schritte entfernt. Aber alles war ruhig. Nur die Zikaden schrillten, gellend, scharf die einen, hohl, pfeifend die anderen. Dawi riß die lose Rinde in Fladen ab. Jetzt hatte er einen neuen Gang entdeckt, in dem es von Maden wimmelte. In seiner Gier vergaß er die Vorsicht. Ein wimmerndes Winseln ließ ihn herumfahren.

Hinter ihm stand ein spitzschnäuziges, langhaariges, gelbrotes Tier, ein Buansu, ein Wildhund. Dawi hatte schon oft die rote Meute jagen sehen, aber da die wilde Hetze stets augenblicksschnell vorbeiging, hatte er kaum auf sie geachtet. Als er sich nach seiner Gewohnheit auf den Fingerknöcheln aufstützte, war er größer als der Hund.

Dawi war an mancherlei Abenteuer gewöhnt, sein Herz schlug kaum schneller, obwohl ihn etwas in der Art des Roten warnte. So trat kein Tier auf, das unsicher war oder sich gar heimlich fürchtete. Nun fing seine feine Nase auch den Raubtierdunst auf, diesen Geruch von Schweiß und Mord. Er vergaß sogleich die Ameisen und versuchte, an dem Wildhund vorbei zu den rettenden Lianen zu gelangen, die von den Ästen eines Baumes fast bis zum Boden hingen.

Aber der Buansu, der eben noch ganz harmlos aussah, sträubte die Nackenhaare und entblößte seine nadelspitzen Fänge. Er knurrte drohend, und wohin sich Dawi auch wandte, immer schob sich der rote Hund zwischen ihn und die Bäume. Zwischendurch hob er den Kopf und stieß ein wimmerndes Heulen aus.

Dawi reckte sich. Er wurde zornig. Sollte er sich von solch einem spitznasigen Tier zurückhalten lassen? Nun knurrte auch er und ging geradewegs auf den Hund los. Der wich keinen Schritt, schnellte aber plötzlich zur Seite und versuchte dem Jungen in die Flanke zu kommen. Haarscharf an Dawis linker Seite schnappte der Fang zu. Hätte sich der Junge nicht so blitzschnell herumgeworfen, so wäre ihm die Bauchhöhle aufgerissen worden. Die Wildhunde pflegen ihre Beutetiere stets auf diese Weise zu erlegen.

Mit einem halben Blick sah Dawi, daß ein zweiter roter Hund in den Büschen aufgetaucht war. Er kauerte mit dem Rücken gegen den gestürzten Stamm zwischen den beiden Roten, deren Gewimmer irgendwo tief im Dschungel erwidert wurde. Dort nahte die Meute!

Jetzt erst erfaßte Dawi die Größe der Gefahr. Die beiden Hunde wollten ihn nur stellen, aufhalten, bis die Meute kam, um das blutige Werk zu vollenden. Einen Augenblick kroch er vor Angst zusammen, er rief um Hilfe. Laut hallte der Affennotruf durch den Wald. Aber Dawi hatte sich allzuweit von der Horde entfernt, er war ganz auf sich selbst gestellt.

Wieder versuchte er mit ein paar Sprüngen auf allen vieren zwischen den roten Hunden durchzulaufen, doch sogleich mußte er sich wenden, zurückfahren, denn bißbereit schnellten die Hunde heran. Das Wimmern der Meute wurde lauter. Dawi duckte sich, Verzweiflung zuckte in seinen dunklen Augen.

Da fühlte er im Moos unter sich kantige Erhebungen. Er scharrte. Steingeröll kam zum Vorschein. Hastig griff er zu. Und jetzt, als der Hund zur Linken die

Schnauze hob, um zu wimmern, richtete er sich auf. Der Stein sauste, und jaulend überschlug sich der Getroffene. Der Wurf hatte ihm das Schulterblatt zerschlagen. Doch schon hatte der andere Hund die nackte Flanke des Jungen erspäht und sprang vor. Aber Dawi war mit der Linken ebenso geübt wie mit der Rechten. Sein Stein traf den Räuber auf der Nase. Ehe er sich von seiner Verblüffung erholen konnte, zerschmetterte ihm Dawi mit einem wuchtigen Wurf den Schädel.

Es war höchste Zeit, denn nun konnte er schon das Rascheln und Trappeln eiliger Pfoten im Busch vernehmen. Die Meute war ganz nahe. Dawi zögerte nicht mehr. Er lief auf die rettenden Lianen zu, wirbelte herum und zwang den Hund, der trotz seiner Verwundung hinter ihm herhinkte, mit einem Wurf zu einem Seitensprung.

Da war die Meute. Ein Dutzend roter Teufel raste heran. Aber Dawi schwang sich auf einen Wurzelknorren, von dem aus er sich emporschnellen konnte. Mit sicherem Griff faßten seine Hände die Lianen, und im Schwung flog er über die emporfahrenden Hunde hin. Einen der Spitzschnäuzigen traf er mit den Sohlen und schleuderte ihn mitten in die Meute hinein.

Zwei hastige Atemzüge, und Dawi hatte den Ast erreicht. Keuchend kauerte er mit weit offenem Mund und geblähten Nasenflügeln dort oben und erwiderte das enttäuschte Gekneife der Wildhunde mit triumphierendem Geheul. Und wieder einmal versuchte er, zur Horde zurückgekehrt, der alten Einohrigen von seinem Abenteuer zu berichten. Aber die Affensprache, die einzige, die er kannte, war zu arm, das Erlebte, das er so deutlich in sich trug, zu schildern. Dawi fühlte, wie etwas Trennendes, Fremdes sich zwischen ihn und die Horde schob. Die Bilder seiner Abenteuer, seiner Umwelt formten sich in ihm zu Begriffen, die weit jenseits aller Erfassungsmöglichkeit der vierfüßigen Gefährten lagen. Er fühlte sich einsam, verlassen, unglücklich – und doch sollte er bald genug erfahren, welcher Treue und Selbstlosigkeit diejenigen fähig waren, die er jetzt in seinem Unmut fast verachtete.

Der gestreifte Tod

Nun kamen wieder die heißesten Tage mit ihrer Qual. Die Felsen wurden zu glühender Lava, schlaff hingen die Blätter an den Bäumen, und auf dem Boden entstand fußtiefer Staub, in den die Pfoten, die Hände und Sohlen wie in flüssigen, kochenden Brei eintauchten. Immerzu gab es Streitigkeiten in der Affenherde. Die Reizbarkeit wurde krankhaft. Für die Alten war es noch schlimmer als für die Jüngeren. Alte Leiden meldeten sich, Narben schmerzten und erinnerten an böse Erlebnisse, an längst vergangenen Haß und uralte Feindschaft.

Graukopf, der sonst bei jeder Gelegenheit zwischen die Streitenden fuhr und sie mit Bissen und Knüffen auseinandertrieb, ließ sie jetzt oft gewähren. Er lag auf dem Auslug und hatte Mühe, das Stöhnen zu unterdrücken, so arge Schmerzen hatte er in seinen Hinterbeinen. Der Alte litt an Rheuma, und nun, da den glühend heißen Tagen oft Wolkenbrüche folgten, meldete sich das Leiden, das sonst von der Trockenheit und der gleichmäßigen Wärme vertrieben oder doch gelindert wurde.

Ängstlich belauerte er Dawi, den jungen Nebenbuhler. Gerade jetzt hätte er gern den Kampf vermieden.

Aber der junge Dschungelläufer hatte andere Sorgen. Vor ein paar Tagen stürzte er beim Klettern. Zweige und Äste fingen ihn auf, fingerlange Dornen hatten sich mit kleineren Krummhaken in die nackte Haut des Knaben gebohrt, um das Opfer festzuhalten. Es war ihm gelungen, sich herauszuarbeiten, aber seine linke Seite und besonders sein linkes Bein sahen böse aus. Die Fliegen quälten ihn unerträglich. Er konnte sie kaum abwehren.

Zu seinem Glück saß das einohrige Affenweibchen an seiner Seite. Ihr Jüngstes war ihrer mütterlichen Obhut entwachsen. Auch bei ihr meldete sich das Alter. Das Klettern im Fels wurde ihr schwer, die steifen Glieder wollten ihr nicht mehr gehorchen. Niemand in der Horde verlangte nach ihr, so schenkte sie aufs Neue all ihre Mütterlichkeit ihrem Pflegesohn. Und Dawi brauchte sie. Die Einohrige pflegte seine Wunden, säuberte sie von Fliegeneiern und beleckte sie mit heilendem Speichel. Trotzdem bekam Dawi Fieber.

Gereizt, bösartig lief Graukopf der Horde voran. Er

wollte sie in die sicheren Höhlen hoch oben in der Wand führen, aber schutzsuchend schlüpften die Affen in eine geräumige, von Farn und Lianen, wie mit einem Vorhang, überwucherte Grotte unterhalb der Steilwand. Hier war es kühl und schattig, kein Sonnenstrahl konnte eindringen, und die feuchtschwüle Luft des Dschungels hatte sich nicht in der Grotte festgesetzt.

Zuletzt humpelte Dawi herein, und die Einohrige sorgte mit Kneifen und Grunzen dafür, daß er sich in einer Felsrinne niederlegen konnte. Sie verjagte ein paar andere Weibchen von diesem Ruheplatz. Der Graukopf fletschte bei dem Lärm die Zähne und sah den kranken Nebenbuhler an. Ihm war nicht nach Kampf zumute, aber er erkannte, daß die Gelegenheit günstig war. Wenn er jetzt über Dawi herfiel, war ihm der Sieg gewiß. Fletschend und knurrend, kleine, rauhe Schreie ausstoßend, kam er näher. Die anderen Männchen machten ihm bereitwillig Platz. Sie wußten, um was es ging.

Dawi, der sich schwer gegen den Fels lehnte und leise stöhnte, sah den Hordenführer kommen. Er versuchte, sich aufzurichten, aber ein Fieberschauer warf ihn zurück. Die Einohrige keifte und drohte dem Alten, aber der ließ sich nicht mehr zurückhalten.

In diesem gefährlichen Augenblick fuhr draußen ein

greller Blitz nieder. Dröhnender Donner ließ den Fels erzittern, und in Güssen stürzte das Wasser herunter. Durch einen Spalt schoß ein Strahl in die Grotte und durchnäßte den Alten und die neben ihm Sitzenden.

Wasser wirkte auf Graukopf kühlend. Erschreckt sprang er zur Seite und rief ein paar Weibchen heran, um sich trocken lecken und wärmen zu lassen. Aber immerzu grollte und knurrte er und ließ kein Auge von Dawi. Draußen tobte das Unwetter. Erst ein paar kurze Schläge, dann dröhnte und hallte es an der Wand entlang. Die Felsen zitterten, es rieselte in den Spalten, Geröllstücke fielen von der Decke der Grotte. Der Dunst verbrannter Sumpferde stieg aus dem Dschungel auf. Mit Bersten und Krachen stürzte unterhalb der Felswand ein jahrhundertealter Urwaldriese.

Hatte die Decke der Grotte einen Riß bekommen? Wassergüsse stürzten herein. Graukopf rief die Horde und flüchtete hinaus, um einen anderen, trockenen Unterschlupf zu suchen. Zurück blieben Dawi und das einohrige Weibchen. Vergebens zupfte und lockte die Alte den Jungen.

Er zitterte in Fieberschauern, die sich erst legten, als von draußen ein kühler Hauch hereinwehte.

Der Regen hatte aufgehört, und dort, wo Dawi und die Alte saßen, war es trocken geblieben. Der Junge schlief ein, und Einohr wachte über ihn. Es wurde dunkel. Noch einmal mahnte das Affenweibchen den Pflegesohn. Der Herdentrieb ließ ihr keine Ruhe. Aber dann schlief auch sie ein, und eng drückte sie sich im Schlaf an Dawis Seite. Angenehm drang ihr seine Körperwärme durch das dünn und fleckig gewordene Fell.

In dem Dunst, der über dem Dschungel schwebte, suchte Urruwo, der Tiger, nach einem trockenen Lager. Der Regen hatte den Boden in sumpfigen Morast verwandelt. Immer wieder blieb der Tiger stehen und hob brummend die Pranken aus dem Brei. Jetzt erreichte er die Felswand. Er erinnerte sich einer Höhle, in der er früher Zuflucht vor der Nässe gesucht hatte. Mit weichen, gleitenden Bewegungen sprang er von Fels zu Fels. Geduckt schlüpfte er durch die Farne und erreichte das Rasenband, das zu der Grotte führte, in der Dawi und die Alte die Nacht verbracht hatten. Der alte Graukopf wußte, warum er nur ungern hier unten rastete. Es hatte in der Grotte mehr als einmal nach Leopard und Tiger gerochen.

Unter den Pranken des Tigers löste sich das Geröll und polterte in die Tiefe. Das einohrige Weibchen erwachte, und auch Dawi fuhr aus dem Schlaf auf. Seine kräftige, gesunde Natur hatte das Fieber überwunden, er fühlte sich munter und begann sich zu strecken, um die Glieder geschmeidig zu machen. Gespannt lauschte er nach draußen, und eben wollte er zum Eingang der

Grotte laufen, als sich dieser verdunkelte. Ein großer, bärtiger Kopf erschien und Dawi vernahm keuchende Atemzüge. Er stieß einen Schrei aus. Er hatte seinen Todfeind, den Tiger erkannt, und er saß in einer natürlichen Falle, aus der es keinen Ausweg gab!

Der Tiger blinzelte, aber schnell gewöhnten sich seine Augen an die Dämmerung in der Grotte. Er knurrte, daß es von den Wänden hallte. Dann schob er sich halb herein. Das einohrige Affenweibchen war starr vor Schreck, aber die Gefahr, in der Dawi schwebte, gab ihr die Kraft und Beweglichkeit zurück. Um ihn ging es!

Mit zeterndem Kreischen ging die Alte auf den Tiger los. Die große Katze schien sie gar nicht zu sehen. Dawi kauerte vor ihm, dieses merkwürdige Dschungelgeschöpf mit der schrillen Warnstimme, die ihm so oft gellend in die Ohren schnitt. Geruch und Gesicht konnten ihn täuschen, niemals das Gehör!

Beim ersten Schrei, den Dawi ausgestoßen hatte, erkannte der Tiger den Quälgeist wieder, erinnerte sich der schmerzhaften Steinwürfe und all der vergeblichen Versuche, den Jungen zu beschleichen.

Ein Schritt, ein zweiter. Da prallte der Tiger zurück. Mit einem Sprung war ihm das todesmutige Affenweibchen entgegengeschnellt. Es kämpfte mit Nägeln und Zähnen, biß sich in seinen Ohren, seiner Stirnhaut

fest. Nur einen Augenblick, dann schlug der Tiger zu, fegte die Einohrige mit der Pranke beiseite; schleuderte sie gegen den Fels. Mit aufgerissener Brust und zerfetzter Seite prallte die Alte zurück, stürzte dicht neben der Pranke, die sie geschlagen hatte, auf den Boden. Aber tapfer bis zum letzten Atemzug biß sie den Tiger in eine Zehe, ließ nicht los, bis ihr ein zweiter Schlag den Kopf zerquetschte. Der Gestreifte fauchte, grollte, aber die Stelle, an der Dawi gesessen hatte, war leer. Blitzschnell hatte der Junge die Gelegenheit genützt. Das Opfer seiner Pflegemutter sollte nicht vergebens sein. Er glitt an dem Tiger vorbei, den die anspringende Alte blendete, und obschon ihn die linke Sohle unerträglich schmerzte, lief er hinaus in die Wand, zog sich an herunterhängenden Wurzeln empor und saß hoch oben im Fels an sicherer Stelle, als sein Todfeind aus der Grotte herauslief und nach ihm suchte. Da prasselten auch schon Steine und Geröllbrocken herab. Dawi stieß schrille Schreie aus, er fauchte, geiferte vor Wut, kletterte sogar ein Stück tiefer, um dem Tiger in die gelben Seher zu starren.

Vergebens suchte Dawi nach der Horde, er fand sie nicht. Sie hatte die Höhle hoch oben im Fels schon lange verlassen. Er kauerte auf einem Vorsprung und sah unentwegt hinab zu der Grotte, deren Einschlupf wie ein schwarzes Auge aus dem grauen Gestein lugte.

Dort hatte er seine Pflegemutter verloren.

Etwas Seltsames geschah. Dawi fühlte, wie es ihm heiß und brennend in die Augen stieg. Tränen liefen ihm über die Wangen. Er war nicht mehr der übermütige, zu allen Streichen aufgelegte Anführer der Halbwüchsigen. Nein, hier saß nur noch ein kleiner Junge in der Felswand hoch über dem Dschungel und weinte im ersten großen Schmerz seines jungen Lebens. In kargen, tierischen Lauten gab er seiner Verzweiflung Ausdruck.

Dem ersten tobenden, wilden Schmerz folgte eine tiefe Erschöpfung. Das Fieber kehrte wieder, und Dawi lag, am ganzen Körper bebend, in einer Felsnische. Brennender Durst quälte ihn, den er dürftig genug mit den sauren Früchten eines im Fels wurzelnden Busches löschte.

Tagelang irrte Dawi in den Felsbergen und im Dschungel umher, er fand die Horde nicht mehr. Immer wieder kehrte er in die Nähe der Grotte zurück, in der er seine Affenmutter verloren hatte, aber er wagte sich nicht zu ihr hinauf. Noch immer schauderte ihn bei der Erinnerung an das Furchtbare, das er dort erlebt hatte.

Als er eines Tages, während die Sonne mit den Regenwolken kämpfte und fern über den Bergen der Donner grollte, unter einem Baum nach Früchten suchte, wurde er von Jagash und seinen Männern überrascht.

„Da ist es wieder, dies seltsame Geschöpf, das weder Mensch noch Tier ist!" rief Rao, der Netzflechter. Jagash gab seinen Männern einen Wink. „Laßt uns einen Kreis bilden, dann kann uns der Buschgeist nicht entkommen!" Es brauchte keiner weiteren Aufforderung, sie alle waren neugierig auf den Wilden, den sie schon oft flüchtig erspäht hatten, meist in Gesellschaft der Felsenaffen. Jagash und Langur erinnerten sich, daß sie dieser merkwürdige nackte Affe vor Urruwo, dem Tiger, gerettet hatte, damals, als er sie bei der Hirschjagd umschlich. Sollte er ein Schutzgeist des Stammes sein? War ihnen einer der Geheimnisvollen, an deren Wirken sie alle glaubten und die dennoch keines Menschen Auge je gesehen hatte, erschienen?

Zwei oder drei der Dschungeljäger griffen in abergläubischer Furcht nach den Amuletten. Aber keiner blieb zurück, sie fürchteten Jagashs Zorn.

Dawi hatte beim ersten Laut, der seine feinen Ohren erreichte, die Flucht ergriffen. Er lief an dem Baumstamm empor und verbarg sich in der dichten Krone. Im Fels wäre er den Verfolgern sicher entkommen, aber sein schmerzender Fuß ließ eine lange Jagd nicht zu. Die linke Sohle war vereitert, seitdem die Wunde nicht mehr von der alten Einohr gepflegt wurde.

Dawi verstand es so gut, sich zu verstecken, daß die Männer glaubten, der Geist wäre unsichtbar geworden. „Laßt uns niederknien und ihm unsere Ehrerbietung beweisen", schlug Noi, ein krummbeiniger, buckliger Alter, vor.

Jagash lächelte. „Jedermann im Dorfe weiß, daß du dich vor dem Piepen einer Maus fürchtest. Wir aber wollen handeln wie Männer. Rao und Langur steigen mit mir auf den Baum!"

Obwohl sich die beiden Aufgeforderten mühten, ihre Unsicherheit zu verbergen und sich des Vertrauens ihres Häuptlings würdig zu erweisen, hielten sie sich hinter Jagash und blieben in einer Gruppe beisammen. Höher und höher kletterten die Männer hinauf. Regungslos lag Dawi in einer Astgabel, er preßte sich gegen die rauhe Rinde, kroch ganz in sich zusammen. Aber den scharfen Augen Jagashs entging er trotzdem nicht. Das Blinken seiner Augen, in denen das Entsetzen flackerte, verriet ihn.

„Dort sitzt der Dschungelgeist", rief der Häuptling und gab mit einem schrillen Schrei den Untenstehenden das Zeichen für äußerste Wachsamkeit. Da kam der Verfolgte auch schon an den Lianen herunter, so schnell, daß kein Auge den Griffen von Hand und Fuß folgen konnte. Dem Flug eines Vogels glich seine Flucht, schwerelos wie ein huschender Schatten schoß er herab, gerade an der Stelle, wo die Kette der Männer eine Lücke aufwies. Aber schon nach den ersten zwei Sprüngen knickte er mit einem Wehlaut zusammen. Er hatte sich einen starrenden, im Gras versteckten Ast in die eitrige Sohlenwunde gestoßen. Da lag er nun, von den Männern umringt, von denen keiner es wagte, ihn anzufassen, und starrte sie mit schreckgeweiteten Augen an. Er fleschte die Zähne, geiferte, krallte die Finger zusammen, bereit zum letzten Kampf.

Im Sprung erreichte Jagash den Boden. Willig öffneten die Männer den Kreis, und jetzt standen sich Vater und Sohn gegenüber, ohne sich zu erkennen. Jagash beugte sich vor, seine Augen wurden zu schmalen Schlitzen. Sah er richtig? Trug dieses seltsame Geschöpf nicht ein Muttermal hinter dem linken Ohr?

Er machte einen Schritt näher und prallte zurück. Blitzschnell hatte Dawi einen Astknorren aufgegriffen und zielsicher nach seinem Kopf geschleudert. Das Wurfgeschoß streifte den Häuptling und riß ihm die Stirn blutig.

Jetzt aber zögerte Jagash nicht mehr. Im Sprung warf er sich auf den Wildling, und seine Männer halfen ihm. Das war auch gut so, denn wie eine Schlange glitt Dawi unter den Griffen des Häuptlings fort. Seine sehnigen, gestählten Glieder waren nicht zu halten. Und wie furchtbar das Dschungelgeschöpf aufbrüllte, mit gekrümmten Nägeln einhieb und mit gefletschten Zähnen schnappte! Rao, der Netzflicker, heulte laut auf, als ihm ein Biß in den Arm fuhr, und verwundet taumelte Langur aus dem Kreis. Aus tiefer Kratzwunde lief ihm das Blut in die Augen und blendete ihn.

Keuchend, schreiend kämpften die Männer. Sie behinderten sich gegenseitig im Knäuel, und immer wieder fand der Wilde einen Durchschlupf. Jetzt aber war es Noi, der sich vorsichtig zurückhielt, gelungen, eine Schlinge um seine schlagenden Beine zu werfen und zusammenzuziehen. Schon hatte Jagash zugepackt und drückte ihm den Kopf in das Gras. Zwei der Männer haschten nach den Armen, und nun lag Dawi, schweißbedeckt, keuchend, an Armen und Beinen gefesselt, auf dem zerstampften Grund.

,,Welch ein Kampf! Ein wütender Büffel hätte uns nicht mehr zu schaffen gemacht'', stöhnte Jagash. ,,Der kleine Wilde hat Riesenkräfte'', bestätigte Langur. ,,Ich vermag den schlüpfrigen Leib einer Schlange mit der Faust zu halten, aber die Arme dieses Geschöpfes entglitten mir immer wieder.''

Rao, der Netzflechter, war niedergekniet und besah sich den Gefangenen genau. ,,Es ist ein Mensch wie wir. Ich will euch sagen, was wir gefangen haben: einen jungen Burschen, der wohl als Kind von den Affen entführt worden ist!''

Jagash fühlte, wie ihm die Knie bebten. „Was sagst du?" Er griff nach einem Büschel Moos und mühte sich, dem Wilden, der sich in seinen Banden aufbäumte und sie zu zerreißen suchte, das Blut aus dem Gesicht zu wischen. „Ich muß seinen Hals sehen, ich muß das Mal finden", murmelte er mit versagender Stimme. „Dawi, wenn es Dawi wäre!"

Jetzt hielt er den Kopf des Gefangenen, der vergeblich versuchte, nach den Händen des Häuptlings zu schnappen. Er drehte ihn zur Seite. „Das Mal, da ist das Mal!" schrie er laut auf. „Es ist Dawi, Dawi, mein Sohn, der vor mehr als sieben Jahren verschwand! So seht doch selbst, dieses Mal trug mein Kind unter dem Ohr, Saya und ich haben oft darüber gelacht." Tränen liefen dem Stammeshäuptling über die Wangen, er lachte dabei und gab sich alle Mühe, den tobenden Jungen zu beruhigen. „So helft mir doch, die Aufregung wird ihn töten", rief er den Männern zu. „Wir müssen ihn in eine Matte wickeln und ins Dorf tragen. Saya soll ihn gesundpflegen!" „Hai, hai, welch eine Wunde", rief Langur, der sich die Füße des Burschen besehen hatte. „Alles voll Eiter. Ahmad wird Mühe haben, ihn zu heilen. Sein ganzer Körper ist mit Narben bedeckt. Was mag er alles erlebt haben unter den Tieren im Dschungel! Seht seine Knie an, sie tragen dicke Lederschwielen! Er hat noch nicht gelernt, auf den Beinen zu gehen wie ein Mensch, und ist doch schon fast acht Jahre alt!" "Er muß es sein! Ich erkenne das Mal. Ja, auch wenn dies Zeichen nicht wäre, so sagt es mir mein Herz", rief Jagash, der in barmherziger Rührung die Wunden des Knaben untersuchte. Nun glaubte auch Noi nicht mehr an einen Geist. Ein solcher wäre unter ihren Händen zu Rauch und Nebel geworden, er hätte sie mit seinem Zauber gelähmt. Sicher hatte Jagash recht, es war sein Sohn Dawi. Welch ein Glück hatte doch dieser von ihm Beneidete! Hatte man je gehört, daß ein von Tieren entführtes Kind nach Jahren wiedergefunden wurde? Wenn es Dawi war, so würde der Stamm Freude an ihm erleben. Riesenstark war der Junge, und sicherlich hatten ihm die Tiere alle Geheimnisse des Dschungels verraten! "Oi, oi, welch ein Tag!"

Verwirrt, zu Tode erschöpft, ließ Dawi alles mit sich geschehen. Er wurde in eine rasch geflochtene Matte gewickelt und an eine lange Stange gebunden. Zwei Männer trugen ihn in schnellem Gleichschritt dahin. Der Nashornwechsel, dem sie folgten, war voller Löcher und Unebenheiten. Die Matte schwankte bei jedem Schritt, und immer wieder stöhnte der Gefangene, den die Stricke und seine Wunden schmerzten. Zuletzt umfing ihn eine wohltätige Ohnmacht. Er fühlte nicht mehr, wie er in einer Hütte auf weiches Schlaffell gelegt wurde, hörte nichts von dem Geschrei und der Aufregung, die seine Ankunft erregte. Da kam Saya, begleitet von ihren beiden Töchtern, von der Quelle zurück. Schon von weitem rief ihr ein Dutzend Stimmen die seltsame Kunde entgegen. „Dawi ist wiedergekehrt! Die Männer haben ihn gefangen und ins Dorf getragen!" Saya stockte der Herzschlag bei diesen Worten. Dann stieß sie einen schrillen Schrei aus. Der Topf fiel ihr vom Kopf und zerschellte am Boden. Erschreckt starrten die beiden Mädchen auf die Mutter, die in die Knie gebrochen war, dann aufschnellte und mit fliegenden Haaren und flatterndem Gewand dahinstürmte. „Dawi, Dawi", rief sie, durchbrach die Schar der Neugierigen, die sich um den Hütteneingang drängte, und warf sich vor dem Lager des Bewußtlosen nieder. „Dawi!"

Für Saya gab es keinen Zweifel. Ihr Herz sagte ihr, daß es ihr Sohn sein mußte. Sie warf kaum einen Blick auf das Mal unter dem linken Ohr. Mit überströmender Zärtlichkeit beugte sie sich über das narbenbedeckte, wundgeschlagene, dornzerkratzte Geschöpf. Dann aber raffte sie sich auf. „Ahmad, wo ist Ahmad?"

Jagash hatte bereits nach dem Alten geschickt. Da kam er auch schon, noch etwas älter und gebeugter als früher, den kahlen Kopf mit einem schmutzigen Turban umwickelt. Seine rotumränderten Augen betrachteten den Gefangenen. Er betastete die Glieder, roch an den Wunden und schüttelte, Beschwörungen murmelnd, den Kopf.

Ahmad war nicht über Zauberei und all das Getue erhaben, das die unwissenden Dschungelmenschen mit abergläubischer Scheu betrachteten. Ohne Zauber gab es keine Heilung, also zauberte er, der Aufgeklärte. Er lächelte heimlich über den Hokuspokus und glaubte doch selbst daran.

Dann aber erinnerte er sich seiner Heilkünste. Er ließ Dawis Bande lösen. Der jetzt in Fieberschauern bebende Junge konnte nicht entlaufen. Dann wusch er die Wunden sorgfältig mit einem Pflanzenabsud aus, reinigte sie von Eiter. Er war ein geschickter Pfleger, aber trotzdem stöhnte der Kranke oft vor Schmerz. Jetzt endlich bestrich Ahmad die Verletzungen mit einer Salbe, zündete Räucherkerzen an, deren Qualm die Hütte verdunkelte und die Zuschauer zum Husten reizte.

„In drei Tagen wird das Fieber von ihm gehen", verkündete er hierauf. „Dawi, der Wiedergekehrte, wird genesen, dir und Jagash zur Freude", wandte er sich an Saya, die mit besorgten Blicken jeder seiner Bewegungen gefolgt war und ihm die nötigen Handreichungen tat. „Sein Körper wird genesen", fuhr der Alte fort.

„Schwieriger wird es sein, Dawis Seele zurückzurufen, die noch bei den Tieren weilt, deren Gefährte er war."

Ahmad sprach aus Erfahrung. Er war aus den großen Dörfern am Unterlauf des Flusses in den Dschungel geflüchtet, aus Gründen, über die er nie sprach. Schon einmal hatte er ähnliches erlebt. Ein von einer Wölfin entführtes Kind war wiedergefunden worden, und er erinnerte sich der Schwierigkeiten, die es machte, bis es sich an das Leben im Dorf wieder gewöhnte.

Ahmad sollte recht behalten. Allerdings kam Dawi erst in sechs statt in drei Tagen zu sich. Schwach und entkräftet lag er auf dem Fell. Mehr als seine Wunden hatte ihn die Aufregung des Kampfes geschwächt und an den Rand des Grabes gebracht. Für seinen ungeschulten Geist war die Prüfung fast zu groß, der Wechsel zu plötzlich. Noch aufgewühlt, erschüttert vom Schmerz um die Einohrige hatte ihn der Kampf mit den Männern und die verlorene Freiheit zutiefst getroffen. Teilnahmslos lag er da und nahm alles, was um ihn her geschah, mit flackernden, unruhigen Augen wahr.

Ahmad ahnte, was in ihm vorging, und er mühte sich auf seine Weise, den zwischen Wirklichkeit und Wahn taumelnden Geist des Knaben zu bannen. Er gab ihm häufig Rinde von dem Zauberbaum zu essen, die Träume schenkte. Und Dawi sank tief in die längst im Düster des Dschungels versunkenen Zeiten hinab. Immer häufiger wurde er wieder zum Kind, zum Säugling und fühlte sich von sorgenden Armen umhegt.

Ein Gesicht beugte sich dann über ihn und flüsterte ihm zärtliche Worte zu. Es war die Einohrige. Doch nein – jetzt veränderten sich ihre Züge! Saya, die Frau, deren Hände seine heiße Stirn kühlten, war es, Saya, seine Mutter. Und auch der Mann, mit dem er hundertmal in Fieberträumen gekämpft hatte, sah gar nicht mehr böse und feindselig aus; im Gegenteil, er reichte Dawi einen kühlenden Trunk und stand lächelnd vor seinem Lager.

Der Irrwahn wich langsam. Dawi tastete sich zur Wirklichkeit empor. Er sah um sich Hüttenwände, Gegenstände, die er nicht kannte und die ihm doch vertraut schienen. Er hörte seltsame Laute und grübelte mit gerunzelter Stirn über ihre Bedeutung nach. Einige erinnerten ihn an Worte der Affensprache. Quälte ihn der Durst, der Hunger, so gab er es in grunzenden, keckernden Lauten zu verstehen. Aber er mußte oft lange betteln, ehe sein Wunsch erfüllt wurde. Noch gab es kaum eine Brücke zwischen Dawi und den Menschen seines Stammes.

Da standen seine kleinen Schwestern, Vijay und Dajinka, und in ihren mandelförmigen Augen zitterten Staunen und Zweifel. Das sollte ihr Bruder sein, von dessen geheimnisvollem Verschwinden im Dschungel die Mutter eine solch wunderbare, gruselige Geschichte erzählte? Der schönste Junge von Ogu? Sie kicherten und stießen sich heimlich an. Mager, ausgezehrt, am ganzen Leib mit Narben bedeckt, die Haare wirr und ungepflegt, schien ihnen Dawi eher der Häßlichste des Dorfes zu sein. Ihr Bruder ein halbes Tier, mit Laufschwielen auf den Knien und einem Blick, der mehr an den eines Affen als eines Menschen erinnerte! Sie verstanden die Mutter nicht, die sich in Sorge um den Kranken verzehrte und die nur in Worten zärtlichster Liebe mit ihm sprach. Sie kamen sich zurückgesetzt, beiseitegeschoben vor, und das alles verdankten sie diesem Wilden, mit dem sie kein Wort sprechen konnten. Ja, wenn Dawi sich zu ihnen gesetzt und von seinen Abenteuern erzählt hätte, wenn das ganze Dorf sich bewundernd um ihn und die Seinen versammelt hätte, dann könnte ihnen der zugelaufene Bruder gefallen und sie wären stolz auf ihn. So aber haßten sie ihn heimlich und wünschten ihm den Tod.

„Er wird nie ein Mensch sein wie Ramu und Desai", sagte Vijay altklug. „Wenn er erst wieder gesund ist, läuft er in den Wald zurück zu den Felsenaffen." Das schien auch Jagash zu befürchten, der stets zwei seiner Männer als Wächter vor die Hütte setzte, in der Dawi der Genesung entgegenschlief.

Und jetzt war es soweit. Dawi konnte sich erheben

und auf allen vieren, noch ein wenig unsicher, in der Hütte umhergehen. Sobald aber Saya oder Jagash eintraten, flüchtete er sich in den dunkelsten Winkel und keckerte sie bösartig an. Die bereitgestellten Speisen nahm er erst, wenn er allein war. Gebratenes Fleisch, geröstete Baumengerlinge oder Ameisen, die schmackhaftesten Leckerbissen der Dschungelbewohner, ließ er achtlos stehen und suchte mit den Fingern nur das heraus, was er kannte. Rohe Früchte verlangte er, und einmal überraschte ihn Dajinka dabei, wie er eine Maus aufaß, die er unter der Hütte gefangen hatte. Sie schüttelte sich vor Ekel, und Vijay teilte ihren Abscheu. Nein, einen solchen Bruder wollten sie nicht haben!

Saya hatte ihre Sorgen mit dem wiedergefundenen Sohn. Es gehörte schon die Liebe einer Mutter dazu, all seine Dschungelunarten zu ertragen. Von seinem Leben unter den Felsenaffen her war er es gewöhnt, seine Notdurft überall zu verrichten, wo er eben war. Dawi verwandelte die Hütte in einen Stall, den Mutter Saya mit aller Sorgfalt nicht rein halten konnte. Jedes Kleidungsstück, das sie ihm anlegte, riß er ab, und ein paarmal ertappten ihn die Wächter bei Ausreißversuchen. Wohl fühlte er die Liebe, die ihn umhegte, aber sein Mißtrauen gegen die fremden Wesen war noch immer wach, und die Sehnsucht nach dem freien Leben im Dschungel quälte ihn.

Seinen feinen Sinnen entging nichts. Da lockte der Urwald mit seinen Düften, mit dem Dunst sumpfiger Erde, mit dem Wohlgeruch der Blütenbüsche. Tausend Geräusche fingen seine Ohren auf, die ihm von seinem früheren Treiben erzählten. Es gurrten die Tauben, kreischten die Papageien, es klatschte der schwere Flügelschlag des Nashornvogels, und sein rauhes ,,kok-kok" jagte Dawi ein Zittern über den Rücken.

Aber die geduldige Liebe seiner Mutter siegte. Saya lächelte nur, wenn Jagash verzagen wollte. ,,Er wird nie mehr ein Mensch wie wir, allzulange hat er unter den Tieren gelebt!"

,,Siehst du nicht seine gerunzelte Stirn, das Grübeln in seinen Augen? Er lauschte auf Stimmen in seiner Brust, die nicht mehr schweigen werden, die lauter und lauter schallen, bis sie den Ruf der Wildnis übertönnen, der jetzt noch in seinen Ohren klingt." So sagte Saya, und eines Tages strahlte ihr von den Jahren und der sengenden Sonne Indiens gezeichnetes Gesicht in alter Schönheit.

,,Mutter", flüsterte Dawi, ,,Mutter!" Und seine Augen leuchteten dankbar, als er nach den zugereichten Früchten griff.

Das große Begreifen war über Dawi gekommen. Er war ein Mensch, er gehörte zu Jagash, zu Saya, zu den Männern und Frauen des Dorfes. Wieder gab es für Vijay und Dajinka etwas zu lachen. Gleich einem kleinen Kind begann Dawi, ihr Bruder, zu lallen und zu stammeln. Seine Zunge stolperte über die ungewohnten Laute, und oft zuckte er in hoffnungsloser Gebärde die Schultern, wenn es ihm nicht gelang, das, was in bunten Bildern vor seiner Seele stand, wiederzugeben. Doch immer deutlicher wurden seine Worte, immer verständlicher seine Sprache. Schnell überwand er die Schwierigkeiten. Er legte die Gewohnheiten ab, die ihn Einohr und seine Horde gelehrt hatten. Schon ging er aufrecht im Dorf umher und ließ sich nur noch gelegentlich vornübersinken, um sich mit den Handknöcheln aufzustützen. Auch leichte Kleidung trug er jetzt, wenn er auch deutlich genug zeigte, wie unbehaglich sie ihm war.

Nur an eines konnte sich Dawi nicht gewöhnen, an gebratenes, mit Salz gewürztes Wildbret. Er hatte Mühe, seinen Ekel vor solcher Speise nicht allzu deutlich zu zeigen. Dagegen suchte er sich, sobald er sich unbeobachtet fühlte, unter Steinen und in Rindenritzen die altvertrauten Leckerbissen hervor.

Langsam schrumpften die Lederschwielen an seinen Knien, und genauso langsam wurde Dawi zum Sohn Jagashs und Sayas. Das Erinnern an seine Erlebnisse erwachte, nachdem er erst mit all dem Neuen und Ungewohnten fertiggeworden war. Jetzt löste sich auch die

Beklemmung von seiner Brust, die er immer gefühlt hatte, wenn er vergeblich versuchte, seine Abenteuer zu schildern.

Dawi hatte den Sprung aus der Tiefe zum aufrecht gehenden, selbstbewußten Menschen getan, und er lächelte über seine frühere Wildheit. Nur gelegentlich wurde er wieder zum Affen, zum keifenden, bösartigen Dschungeltier, wenn ihn die jungen Burschen des Dorfes reizten, ihn den Affenbruder, den Felsenläufer und Skorpionfresser schalten. Dann konnte er unter sie fahren mit einem rauhen Gebrüll, das nichts Menschliches an sich hatte, und wehe dem, den er zu fassen bekam. Nur mit Mühe ließ er sich davon abhalten, ihn zu würgen, ihm mit den Zähnen an die Kehle zu fahren. Dawi war stärker als der Kräftigste von ihnen, selbst die um einige Jahre älteren Burschen hüteten sich vor ihm. Eisenhart waren seine Muskeln, und an Biegsamkeit und Schnelligkeit war er allen weit überlegen.

Eines suchte Dawi freilich vergebens: einen Freund, der gleich ihm den Dschungel kannte und liebte, der mit ihm umherstreifte, der teilnahm an allem, was zu ihm sprach, der vertraut war mit dem Raunen der Baumkronen, dem Wehen des Windes, den tausend und abertausend geheimnisvollen Lauten der Wildnis.

Vergebens warb Jagash, der Häuptling, um die im tiefsten Grunde noch immer einsame Seele seines Sohnes. Er beschloß, ihm eine Freude zu machen, und eines Tages kam er mit einem jungen Bergaffen von der Jagd zurück. Der Affe war so wild wie einst Dawi. Zähnefletschend und knurrend zerrte er an dem Bambusstab, an dem ihn Jagash mit einer Lederschlinge festgebunden hatte. Er ließ keines der Kinder, die ihn lachend umstanden, näher als auf zwei, drei Schritte an sich herankommen, ohne nach ihm zu schnappen.

Jetzt aber kam Dawi gelaufen. Er trieb die Neugierigen zurück. Dann setzte er sich vor dem Gefangenen nieder, der ihn mit mißtrauisch gerunzelter Stirn keckernd belauerte. Dawi stieß ein paar leise Laute aus, zärtliche Lockrufe, wie sie ihm einst Einohr zugeflüstert hatte, wenn sie, ganz ihrem Mutterglück hingegeben, mit ihm in den Felsgrotten saß. Der Gefangene lauschte, seine Stirn glättete sich, die zornig gesträubten Haare legten sich. Er konnte nicht anders, er mußte die Koseworte mit einem pfeifenden Laut erwidern.

Dawi rückte näher und schwatzte in der Affensprache mit ihm. Alte Erinnerungen wurden in ihm wach, und zuletzt löste er die Schlinge des Affen, der seine haarigen Arme um den Hals des Häuptlingssohnes schlug und ihm all seine Not in Worten klagte, die verstanden und beantwortet wurden, wie er es gewöhnt war.

Ama, wie Dawi den kleinen Rhesusaffen nannte,

dachte nicht an Flucht. Aber er wich nicht von der Seite seines Freundes. Auf Schritt und Tritt begleitete er ihn, und oft kicherten die Dorfkinder untereinander, wenn sie hörten, mit welch merkwürdigen Lauten Dawi sprach. Er war und blieb der Dschungelläufer, der Affenfreund. Eine seltsame Macht über die Tiere war ihm zuteil geworden.

Ein merkwürdiger Junge, so meinten die alten Männer des Stammes untereinander. Niemals wird er ganz einer der Unsern werden. Der Dschungel hat seine Stirn gezeichnet. Unsern Augen unsichtbar trägt er das Mal, das nur die Tiere kennen. Ungestraft kann Dawi dem Gaur, dem Elefanten, ja sogar dem bösartigen Nashorn entgegentreten und mit ihnen in ihrer Sprache reden. Sicher wird er – dem Stamm zur Freude – einmal ein noch größerer Häuptling als Jagash, sein Vater!

Die Geheimnisse der Schlangen

„Alle Tiere haben ihre eigene Sprache, die Elefanten, die Büffel, die Vögel des Dschungels. Auch die Tiger sprechen miteinander."

Vijay und Dajinka lächelten über diese Worte ihres Bruders und stießen sich heimlich an. Ihre mandelförmigen, schönen Augen funkelten vor Spott.

Aber Dawi ließ sich nicht aus der Ruhe bringen. „Seht meinen Ama an, er versteht alles, was ich zu ihm sage." Er schob die Lippen vor und stieß einen halblauten Ruf aus. Sogleich fuhr Ama, der neben ihm geschlafen hatte, auf und sicherte mit allen Zeichen der Erregung.

„Ich habe ihm gesagt, daß ein Tier in der Nähe ist, von dem ich noch nicht weiß, ob es zu den Grasfressern oder zu den Mördern gehört. Paßt auf, jetzt erzähle ich Ama, daß keinerlei Gefahr besteht." Wieder gab Dawi einen Laut von sich, und augenblicklich beruhigte sich das Äffchen. Seine Haare glätteten sich, und es fing an, sich zu putzen.

Die beiden Mädchen hatten ihr spöttisches Lächeln abgelegt. „Und du sagst, daß auch die Elefanten, die Hirsche und Hühner im Dschungel miteinander sprechen?" zweifelte Vijay noch immer. Dawi nickte. „Oft sah ich die Elefanten beisammenstehen, wenn sie ihre Beratung abhielten. Sie wandten einander die Köpfe zu, und es murrte und rumpelte in ihren gewaltigen Leibern. Sie schwenkten die Rüssel, wiegten sich auf den Säulen und klappten mit den Ohren. Schließlich gingen sie auseinander. Die einen ästen friedlich wie zuvor. Zwei oder drei von ihnen, die in der Beratung zu Spähern bestimmt worden waren, machten sich aber auf den Weg. Tagelang blieben sie fern, und wenn sie zurückkehrten, erzählten sie der Herde, was sie erkundet hatten. Sie führten sie zu Wäldern, in denen die Trockenheit noch nicht alle Büsche und Bäume ausgedörrt hatte, wo es reichlich Äsung gab.

Ist ein alter Elefant ausgeglitten, gestürzt und kann er sich allein nicht mehr erheben, so ruft er um Hilfe, mit Zeichen, die ich nur fühlen, niemals hören konnte. Bald darauf kommen einige seiner Gefährten und stehen ihm bei. Sie heben ihn mit den Rüsseln, stützen ihn, bis er steht, und führen ihn zu der Herde zurück."

Ohne daß es die Geschwister gemerkt hatten, war Ahmad zu ihnen getreten und hörte zu. Gedankenverloren nickte er zu Dawis Worten. Jetzt sprach Dajinka, und ihrem Flüstern war die Furcht anzuhören. ,,Haben auch die Schlangen, die Kobras eine Stimme?"

Dawi zuckte die Schultern. ,,Mit fast allen Tieren im Dschungel schloß ich Freundschaft, nur die Schlangen blieben mir fremd." Auch er dämpfte die Stimme und erzählte den Schwestern sein Abenteuer am Hühnernest. ,,Sie allein, die den Tod in den Zähnen tragen, kenne ich nicht", schloß er.

Da räusperte sich Ahmad und nickte ihm lächelnd zu. ,,Komm mit mir, Dawi, du sollst die Kobras kennenlernen. Du wirst sehen, daß auch sie, die keine Stimme haben als das Zischen und Pfeifen, untereinander nicht stumm sind. Willst du auch noch die Sprache der Schlangen erlernen, so folge mir."

„Die Rhesusaffen, die weder den Leoparden noch den Tiger fürchten, lehrten mich die Schlangen meiden", versetzte Dawi nicht ohne Unbehagen.

Ahmad wandte sich ab. „Wie du willst. Ich hielt dich für einen Mann, der ohne Furcht ist."

Mit ein paar schnellen Schritten hatte ihn Dawi erreicht. Der Vorwurf der Feigheit brannte ihn wie Feuer. „Lehre mich das Wesen und die Art der Schlangen kennen. Alles will ich wissen, auch das letzte Geheimnis, das mir der Dschungel vorenthielt."

Der Alte lächelte. Er hatte sich in Dawi nicht getäuscht. Seit zwei Jahrzehnten lebte er nun schon unter den Ogus in den Bergwäldern, ohne Frau und Kind, ein Einsamer. Zum erstenmal seit seiner Flucht aus den Siedlungen fühlte er sich zu einem Menschen hingezogen. Dawi, den der Dschungel gezeichnet hatte, konnte schweigen. Er besaß das Kleinod unendlicher Geduld, behutsam und geschmeidig waren seine Bewegungen.

Es drängte Ahmad, ihm das Geheimnis der Tubri-Wallahs, der obersten Kaste der Schlangenbeschwörer, anzuvertrauen. War er nicht einer der Angesehensten unter ihnen gewesen, als er noch die gelbe Kleidung und den großen Turban trug?

Dawi mußte all seinen Mut zusammennehmen, als er sich anschickte, mit Ahmad in die Tempelruinen einzudringen, die längst vom Dschungel überwuchert und zurückerobert worden waren. Riesige behauene Blöcke lagen, von Schlingpflanzen behangen, umher. Säulen ragten empor, von Lianen umkleidet. Der Dschungel duldet in seinem Reiche nicht das Weiß und Grau des kahlen Gesteins, das an abgenagte Knochen erinnert. Grün ist der Mantel, den er über alles legt. Riesige, von längst vergangenen Geschlechtern geschaffene Denkmäler der Fruchtbarkeit, Schiwa geweiht, hatte das Grün überwuchert.

Ahmad schob an einigen Steinsockeln den Pflanzenwust beiseite und wies Dawi die Bilder eingemeißelter Pfauen, Papageien und Büffel. Er war nicht wenig stolz darauf, dem Dschungelläufer zu beweisen, daß es noch viele Dinge jenseits seiner Knabenweisheit gab.

Tiefer und tiefer drangen der Alte und sein junger Begleiter in den schweigenden Dschungel, in die Ruinen des Tempels ein, der einstmals Durga Kali, der Furchtbaren, gewidmet war und der auch andere blutige Opfer als Büffel und Stiere gesehen hatte. Doch davon wußte auch Ahmad, der Schlangenbeschwörer, der als kleiner Dorfzauberer sein Leben im Dschungel fristete, nichts zu sagen.

Jetzt kamen sie zu einer Stelle, die selbst die Urkräfte

des Dschungels nicht hatten überwinden können. Steinplatte lag neben Steinplatte, bildete inmitten des üppig aufschießenden Grüns ringsum eine kleine Lichtung. Wurzeln hatten sich zwischen die Fugen gestemmt und die viele Zentner schweren Platten gehoben und verschoben. Der Wind hatte Samen in die Spalten geweht, Pflanzen waren aufgegangen, hatten mit ihrem Gezweig welke Blätter aufgefangen, die zu Humus geworden waren und so den Wurzeln neue Nährkraft im kahlen Gestein boten. Aber in der Mitte des einstigen Tempelplatzes lag noch Stein neben Stein. Säulen und zerfallenes Mauerwerk, ein halberhaltenes Tor sah Dawi, der nur noch zu flüstern wagte.

Das war die Wohnstätte der Schlangen, der Kobras, der Lieblinge der Götter. Ungestört und unbehelligt konnten sie hier ihren Sonnenschlaf halten, sich zur Paarungszeit zu scheußlichen Knäueln, zu Medusenhäuptern zusammenringeln und, wenn die Zeit gekommen war, die zu eng gewordene Haut abstreifen. Der Dschungel ringsum war ihr Jagdgebiet. Sie säuberten es von allen kleinen Nagern, von Hühnern, Ratten, Fröschen und Eidechsen. Sie plünderten die Vogelnester und nahmen wohl auch mit Insekten vorlieb. Das alles hatte Dawi schon belauscht, aber stets nur aus sicherer Höhe, immer wieder vom Grauen berührt, das von dem starren Blick der Kobras auszugehen schien.

Auf einen Wink kauerte sich Dawi nieder. Ahmad schritt vorsichtig auf eine von zahllosen Schlupflöchern unterwühlte Mauer zu. Er stocherte mit einem Ast darin umher. Ein scharfes Zischen ertönte, und Dawi sah eine große Kobra wie einen gefleckten Blitz hervorschießen. Da lag sie, den Kopf hoch aufgerichtet, und spreizte die Rippen, zeigte das Geistergesicht auf ihrem verbreiterten Schild. Auf dem Rücken trug sie verwaschene dunkle Querbinden, ihre weißlich geränderten Schuppen glänzten in der Sonne. Sie zischte, drohte, wiegte sich, von dem grellen Licht geblendet, hin und her und suchte vergeblich nach einem Ziel. Ahmad trat vor und zurück. Er lächelte, schien ganz gleichmütig, ließ aber kein Auge von der wütenden Schlange.

,,Sieh ihre Brille! Buddha hat sie ihr dereinst verliehen, zum Schutz gegen die Raubvögel", murmelte er. Dann hob er den Arm und ließ seine Hand vor der Schlange hin- und herpendeln. ,,Sie vermag blitzschnell zuzustoßen, sie kann springen, sich auf ihre Beute schleudern", erzählte Ahmad, ,,aber sieh, nun hat sie ihren Meister gefunden." Mit seinem Stock preßte er den zu fast einem Drittel steil aufgerichteten Schlangenleib nach unten und hatte die Kobra auch schon mit sicherem Griff dicht hinter dem Kopf gefaßt.

,,Reiche mir den Korb", forderte er Dawi auf, der sich zögernd näherte. Noch immer kämpfte er mit der

Schlangenfurcht. Jetzt sah er, wie Ahmad die Schlange in das Körbchen gleiten ließ und rasch den Deckel darüberschob und verknotete. „Es ist eine Tschinta-Negu, die gefährlichste von allen", lächelte er. „Sie wird deine Freundin werden und dich lehren, ihr Geschlecht zu lieben und zu achten."

„Den Tod trägt sie in ihren Zähnen", flüsterte Dawi. Der Alte nickte. „Nur dem wird sie gefährlich, der sie reizt oder ungeschickt behandelt. In meiner Hütte liegt eine Schlangenpfeife. Du sollst die Kobra tanzen sehen. Du sollst es lernen, wie man ihr das Gift aus den Drüsen drückt, wie man sie füttert, wenn sie sich weigert, Nahrung anzunehmen. Die Kobra ist stolz. Nicht jede fügt sich in die Gefangenschaft." Manchen Tag kauerte Dawi mit seinem Lehrmeister auf den Steinplatten des alten Tempelhofes. Er sah die Kobras an kühlen Tagen aus ihren Löchern kriechen. Gleich gefleckten Stricken lagen sie in der Sonne und spreizten wohlig die Schuppen. Sie waren ja so friedlich, kümmerten sich gar nicht um die beiden Menschen, die da vor ihnen saßen und sie beobachteten.

„Sie hören nicht", sprach Ahmad und stieß zum Beweis einen halblauten Ruf aus. „Aber um so feiner ist ihr Gefühl. Jede noch so leichte Erschütterung des Grundes spüren sie." Und wirklich – ein Tritt auf die Steinplatten genügte, um die Schlangen unruhig werden und auffahren zu lassen. Zwei, drei von ihnen verschwanden in ihren Löchern, während die andern mißtrauisch vor sich hinstarrten und warnend zischten. „Zu Zeiten sind sie auch blind, dann sind sie besonders gefährlich", erzählte Ahmad. „Während der Häutung beißen sie nach allem, was in ihre Nähe kommt. Selbst ich, ihr Freund, muß mich dann vor ihnen hüten."

Die Schlangen hatten sich beruhigt. Eine von ihnen war sogar noch näher gekommen, hatte sich dicht vor den Füßen Ahmads mit flachem Leib zur Ruhe ausgestreckt. Es war eine prachtvolle, mehr als zwei Meter lange Königs-Kobra von besonders dunkler Färbung.

Ahmad blinzelte. Alte Erinnerungen, durch den neuerlichen Umgang mit Schlangen wachgerufen, stiegen in ihm auf. Hatte er den jungen Häuptlingssohn ganz vergessen, sprach er nur zu sich selbst? Halblaut, oft nur flüsternd, daß ihn ein weniger scharfes Ohr als das Dawis gar nicht verstanden hätte, gab er das Geheimnis seines Lebens preis. „Siehst du diese herrliche Kobra? Dort, keine drei Schritte seitab, liegt ihr Männchen. Königskobras sind immer zu zweien. Wer eine von ihnen tötet, der verfällt der Rache der Gefährtin. Sie findet den Mörder, und wenn er sich im tiefsten Dschungel vor ihr verbirgt. Das ist eines ihrer Geheimnisse. Hüte dich, ihm je zuwider zu handeln. Doch höre, was ich mit einer Kobra gleich dieser erlebte.

Wie ich dir schon sagte, gehörte ich den Tubri-Wallahs an. Groß war unser Ansehen, niemand verstand es so gut, die heiligen Schlangen zu beschwören, wie unsere Kaste. Was waren dagegen die armseligen Mals oder die Modaris?

Alles war gut, die Schaulustigen drängten sich um unsere Körbe, und das Geld floß in unsere Beutel. Wo immer ein Dorffest gefeiert wurde, stets verlangte man nach uns, den Tubris.

So war es, bis Kopi, der Burmese, kam. Er wagte, was keiner vor ihm gewagt hatte. Er trug gleich uns das gelbe Gewand, obschon er niemals in die Kaste aufgenommen worden war.

Von den Bediyas, den Zigeunern, hatte er die Beschwörung gelernt, von diesen Betrügern, die ihren Schlangen die Giftzähne ausbrechen oder ihnen vor dem Auftreten die Giftdrüsen auspressen. Er war es, der sich brüstete, der oberste aller Beschwörer zu sein. Er machte unsere heilige Kunst lächerlich, indem er mit den giftlosen, verstümmelten Schlangen spielte wie mit zahmen Hündchen. Sie bissen ihn nicht, sie waren ja viel zu lahm und zu krank dazu. Aber das dumme Volk lief ihm zu, und überall, wo er auftrat, konnte er seine mit Teerstreifen umkränzte Pfeife mit Geldstücken spicken und sich über uns, die Berufenen, lustig machen.

Was weißt du, Dawi, von den Städten und Dörfern in den Flußtälern, von den Gesetzen, nach denen die Menschen dort leben? Hier im Dschungel richten die Alten und sprechen Recht nach uralter Vätersitte. Dort aber herrschen Menschen, die über die Weisheit der Ahnen lachen. Sie achten uns nicht höher als die Gaukler und Seiltänzer auf den Märkten. Sollten wir bei ihnen Schutz suchen gegen den Betrüger?

Wir waren Männer, und wir handelten als solche. In einer Beratung kamen wir überein, daß Kopi, der Betrüger, durch eine Kobra sterben sollte, durch dasselbe Tier, mit dessen Hilfe er seine Gaukeleien vollbrachte. Auf mich aber fiel das Los.

In der Nacht vor dem großen Tempelfest schlich ich mich in das Haus, in dem der Burmese mit seinen Schlangen schlief. Der Mond schien, und sein Strahl fiel durch ein halb offenstehendes Fenster. Überall am Boden standen Schlangenkörbe, aber trotzdem schlug mein Herz nicht einen Schlag schneller. Ich wußte ja, was sie enthielten: arme, kranke Tiere, die an Mundfäule eingehen mußten. Was lag dem Burmesen daran? Wenn sie nur noch gesund genug waren, um beim Tempelfest vor dem dummen Volk zu tanzen!

In der Ecke lag Kopi auf seiner Matte und schlief. Dicht an seiner Seite stand der Korb mit der Königskobra, die er ebenso geschändet und gelähmt hatte wie die andern Tiere. Ich schlich näher. Einmal stieß mein Fuß gegen einen der Körbe, und Kopis Atem setzte aus. Regungslos blieb ich stehen und wartete, bis er wieder schlief. Dann beugte ich mich herab und nestelte den Korb auf. Die kranke Kobra hob nicht einmal den Kopf, als das Mondlicht auf sie fiel. Ich packte sie und schob sie in einen Sack. Dann holte ich vorsichtig aus einem mitgebrachten Korb eine frisch gefangene Königskobra. Böse war sie und wild, ich hatte Mühe, sie zu beruhigen und in den Korb zu zwingen. Niemand sah mich gehen und die kranke Kobra in ein Gebüsch werfen.

Am andern Tag umdrängten die Schaulustigen unsere Stände. Wie gewöhnlich versammelte sich der dichteste Schwarm um Kopi, den Burmesen. Ich stand unter den Neugierigen und wartete auf das, was kommen mußte.

Jetzt endlich zog der Burmese den Korb heran, in dem er seine Königskobra verwahrte. Er öffnete den Deckel und prallte zurück, denn sogleich schnellte die Kobra empor, stand mit geblähtem Hals dem Betrüger genau gegenüber. Er erkannte sofort, daß er eine fremde Schlange vor sich hatte, und erbleichte. Kopi wollte aufspringen, flüchten, aber er fürchtete den Spott der Menge noch mehr als die Schlange. Du mußt wissen, ich hatte die Kobra erst vor einigen Tagen ausgeräuchert, sie hatte nichts gefressen, und die Giftdrüsen unter ihren Augen waren zum Platzen voll. Jetzt war sie verwirrt, die grelle Sonne blendete sie, nur undeutlich erkannte sie den Beschwörer, auf den sie in Angst und Wut losfuhr, ehe er dazu kam, ihr die Pfeife vorzuhalten und ihren Biß damit aufzufangen. In die linke Schulter des Burmesen hatte sie ihre Zähne gegraben. Nichts half. Weder das glühende Eisen, noch der Zauber mit dem Schlangenstein. Einer der Zuschauer brachte eine Flasche mit Reisschnaps und goß Kopi das scharfe Getränk ein. Aber schon schlossen sich seine Lider, sein Körper krümmte sich im Krampf. Kopi, der Betrüger, hatte seine Strafe erhalten."

Ahmad schwieg. Seine Hände streckten sich und fuhren in sachtem Streicheln über den Rücken der Königskobra zu seinen Füßen. Das Tier richtete sich halb auf und betastete mit spielender Zunge die dürren Hände des Alten, dann legte es sich wieder beruhigt in die Sonne.

Auf Dawis Lippen lag eine Frage, doch da fuhr der Zauberer der Ougs schon fort: „Niemand hatte mich gesehen, als ich das Haus Kopis betrat, und doch lief schon am andern Tag das Gerücht um, daß irgend jemand eine gereizte, gefährliche Schlange mit der harmlosen vertauscht habe. War ein Verräter unter den Tubras? Noch immer will ich es nicht glauben. Aber ich mußte fliehen, denn die Häscher suchten nach mir. Seit jener Zeit bin ich nicht mehr Dhan Gopal, der oberste der Tubri-Wallahs, sondern Ahmad, der Zauberer eines armseligen Dschungeldorfes."

Schweigend kauerten der Alte und der Häuptlingssohn auf dem Tempelplatz, bis die Schatten länger wurden und die Schlangen in ihren Löchern verschwanden. Aber seit dieser Stunde war etwas anders zwischen ihnen geworden.

Ahmad sah in Dawi einen Freund, ja, mehr als das, einen Sohn. Hätte er es sonst gewagt, ihm seine Tat einzugestehen?

Dawi dankte ihm für das Vertrauen, indem er ihm gehorsam diente, aber zuweilen konnte er ein heimliches Grauen vor dem Alten nicht unterdrücken.

Freilich, mit der Tschinta-Negu, der Königskobra, die in ihrem Korb in Ahmads Hütte lag, spielte er nun schon wie ein alter Beschwörer. Er lockte sie heraus, spielte, vor ihr sitzend, auf der Flöte, fünf einfache Töne, die sich immer wiederholen. Und die Kobra stand vor ihm zu einem Drittel ihrer Länge aufgerichtet, und wiegte sich vor und zurück.

Sie ließ sich von Dawi streicheln, sie umspielte ihn, und er konnte sogar seine Lippen auf ihren flachen Kopf drücken. Ahmad mußte erkennen, daß Dawi mehr wagte, als er selbst je gewagt hatte und er war vertrauter mit der Riesenkobra als der alte, erfahrene Tubri-Wallah.

Dawi lachte über die lähmende Angst, die er einst vor den Schlangen empfunden hatte, und machte sich das Vergnügen, die große Kobra in der elterlichen Hütte tanzen zu lassen. Gleich zwei erschreckten Vögelchen krochen seine Schwestern in einer Ecke aneinander. Ama, der Affe, verschwand kreischend in einem Korb, während Jagash und Saya nicht ohne Stolz zusahen, wie Dawi mit der gefährlichen Schlange spielte. Er ist Herr über den Gifttod, flüsterten die Dörfler, und sein Ansehen wuchs. Keiner der Halbwüchsigen wagte es, ihn noch einmal zu necken, ihn den Affenbruder, den Wilden zu nennen.

Zweikampf auf Leben und Tod

Zuweilen jagte Dawi mit den Männern. Er hatte sich an den Gebrauch von Pfeil und Bogen gewöhnt. Aber oft genug legte er die ungewohnten Werkzeuge beiseite und kroch auf allen vieren durch die Büsche auf Wurfweite an die Tauben und Hühner, die prachtvoll gefiederten Fasanen heran. Mit einem sicher geschleuderten Stein holte er sie aus den Baumkronen herab. Doch zum heimlichen Verdruß Jagashs verließ er oft das

Dorf und blieb tagelang verschwunden. Mit Ama, dem jungen Rhesus, durchstreifte er den Dschungel, kletterte in den Felswänden umher und lebte wie einst unter der Affenhorde. Das lärmende Treiben im Dorf, das Schwatzen und Beraten wurden ihm oft zur Qual. Er sehnte sich nach dem Raunen der Baumkronen, dem Wispern und Zirpen, dem geheimnisvollen Rascheln des Dschungels, das man mehr fühlte als hörte. Dawi liebte die Wildnis mehr als die Dorfgemeinschaft.

„Ich werde Dawi wieder mit Wächtern umgeben, die ihn im Dorf festhalten", grollte der Häuptling unzufrieden. „Hat er immer noch nicht begriffen, daß er nach mir der erste Mann im Dorfe werden wird?"

„Noch ist er jung, ein Knabe, erst sechzehn Regenzeiten alt", versetzte Saya besänftigend. „Laß ihm Zeit, er wird sich dereinst an die Hütte gewöhnen, wenn er erst einmal eine Frau unter den Mädchen des Stammes genommen hat."

„Dawi kümmert sich nicht um die Mädchen, lieber als bei ihnen sitzt er bei den Schlangen und wilden Tieren. Ein Affe ist sein bester Freund, ein Affe und der alte Ahmad."

„Der Zauberer ist alt, aber er kennt viele Geheimnisse. Wenn er nicht mehr ist, so wird es gut sein, einen Mann im Dorf zu haben, dem er seine Weisheiten schenkte. Dawi wird einst Häuptling und Zauberer zugleich sein."

„Du magst recht haben", versetzte Jagash. „Dennoch wäre es mir lieber, wenn sich Dawi etwas mehr um das Treiben im Dorf und um den Rat der Alten kümmerte. Als ich so alt war wie er, da saß ich an der Seite meines Vaters, wenn eine Entscheidung getroffen werden mußte. Ich lief nicht im Dschungel umher wie ein wildes Tier."

„Es gibt vieles, was wir nicht verstehen", flüsterte Saya. „Erzählt man nicht, daß die Seelen unserer Ahnen und die der Besessenen, der Verhexten oft genug in den Tieren eine Wiedergeburt erleben! Wer Macht über sie gewinnt, der ist der größte unter allen Menschen, größer als Häuptling und Zauberer! Dawi ist diese Gabe zuteil geworden, laß ihn gewähren. Er wird noch einmal zur Freude des Stammes und unseres Alters werden!"

Dawi machte sich keine Gedanken um des Vater Sorgen. Er lebte, wie es ihm gefiel, unter den Tieren, belauschte sie, neckte sie wohl auch wie in früheren Zeiten und ahmte ihre Sprache nach. Nie war er vergnügter, als wenn es ihm gelang, einen Hirsch, einen Kragenbären oder einen Hahn aus den Büschen zu locken. Da standen sie und äugten umher, hatten sie doch eben den Ruf eines der Ihren vernommen.

Mancher seiner Waldgänge führte Dawi hinauf in die Felsen. Sooft er in die Nähe der Grotte kam, in der Einohr für ihn in den Tod gegangen war, wurde er von einer unerklärlichen Traurigkeit erfaßt. Er hatte die Höhle nie mehr betreten, jetzt aber zog sie ihn mit unwiderstehlicher Gewalt an.

Eines Tages wagte er es. Gefolgt von Ama kroch er durch den hohen Farn. Das Herz klopfte ihm zum Zerspringen. Was würde er sehen?

Die Grotte war leer, nur hinten in einer Nische bleichte ein Häuflein Knochen, an dem noch einige gedörrte Hautfetzen hingen. Das war alles, was noch an den Kampf in der Höhle erinnerte.

Ama fletschte die Zähne und sträubte die Haare, doch Dawi achtete nicht auf das Äffchen. Lange kauerte er vor dem Knochenhäufchen, und wieder fühlte er wie einst den Schmerz.

Und heiß stieg in ihm der Haß gegen den Hinkenden. Er ballte die Fäuste. Jetzt war er stark genug, Einohrs Tod zu rächen!

Wieder warnte der kleine Rhesus. Dawi zuckte zusammen. Ja, nun spürte er auch die Tigerwitterung. Ganz schwach, aber doch deutlich genug für seine feinen Sinne, lag sie in der Luft. Dort in der Ecke, wo sich Fallaub und dürres Gezweig angehäuft hatten, war der Geruch am stärksten. Kein Zweifel, der Mörder war vor nicht allzulanger Zeit hiergewesen, er schlief neben den Resten seines Opfers. Dawi glaubte zu wissen, daß er von seinem Lager aus die Knochen anstarrte und sich dabei seines Sieges freute. Er knirschte mit den Zähnen. Dann band er sein Lendentuch ab und häufte die Überreste seiner Pflegemutter hinein. Hoch droben in der Felswand, sicher vor allen Entweihungen, sollte die Einohrige ihre letzte Ruhestatt haben.

Dawi erstieg, gefolgt von Ama, die Höhe. Bald hatte er gefunden, was er suchte. In einer Nische häufte er Steinplatten und Felsbrocken über die Knochen und Hautreste. Dann stand er lange in der Wand und starrte hinab auf den düstergrünen Dschungel. Seine Gedanken suchten den Feind.

Freilich, die Speere und Pfeile der Ogus dünkten ihm eine armselige Waffe im Kampf mit einem Tiger. Ob er die Männer zur Netzjagd rief? Weder sein Vater noch die andern Jäger würden bereit sein, den Kampf mit dem gestreiften Mörder zu suchen. Zudem schien es ihm verächtlich, das Werk, das er vollbringen wollte, andern zu übertragen. Sein war die Rache!

Während er mit Ama auf einem Elefantenwechsel dahinlief, grübelte er darüber nach, wie er den Tiger töten könnte. Er überhörte, ganz in Gedanken versunken, das näherkommende Stampfen. Ama mußte ihn am Lendentuch packen und warnend knurren.

„Die Elefanten!" Dawi lächelte. „Wir leben mit ihnen in Frieden, Ama, doch die Dschungelsitte will, daß wir ihnen aus dem Wege gehen. Komm, laß die Rüsselträger unter uns durchwechseln." Er schwang sich in die Lianen, und hurtig folgte ihm das Äffchen.

Da kamen sie auch schon, voran ein mächtiger Bulle, den Dawi längst kannte. Krummzahn nannte er ihn, seiner übereinander gekreuzten Stoßzähne wegen. Sorglos stapften sie durch den Dschungel, wie alle starken Tiere, die keinen Feind zu fürchten haben.

„So stark wie dieser Riese möchte ich sein, dann würde ich den Tiger zerschmettern", flüsterte Dawi. „Niemand kann ihm widerstehen."

Doch was war denn das? Der Bulle hatte plötzlich den Rüssel gehoben und brummte warnend. Die Kühe folgten seinem Beispiel, und mit einem klatschenden Hieb trieb eines der Weibchen sein Kalb, das neugierig nach vorn laufen wollte, unter seinen Bauch.

„Eine Konigskobra, eine Hamadryad", flüsterte Dawi, während Ama sich schutzsuchend in seine Arme drängte. Da stand sie mitten auf dem Elefantenwechsel, hochaufgerichtet, die Haube gespreizt. Der Bulle kannte sie, er wußte, daß die Königliche nur gar zu häufig angriff, um dem Feind zuvorzukommen. Auch für einen solchen Riesen konnte ihr Biß gefährlich, ja tödlich werden, wenn er über den Zehennägeln traf, wo die Blutadern bis dicht unter die Haut traten. Und ebenso empfindlich war der reich durchblutete Rüssel. Dawi lachte halblaut auf. War es nicht zu drollig, was da unten geschah? Der Riese hatte behutsam den bereits erhobenen Fuß zurückgesetzt, und nun schwang er sich ganz plötzlich herum, wobei er eine Kuh niederstieß, die quiekend wieder aufsprang. In einer Wolke von Staub stob die Elefantenherde davon und überließ der Kobra den Wechsel. Noch eine ganze Weile stand die Schlange hoch aufgerichtet da. Endlich schien sie beruhigt und setzte ihren Weg fort. „Die Schwache hat den Starken besiegt", grübelte Dawi, während er sich mühte, Ama zu beruhigen, der noch immer zitterte. Und jählings durchzuckte ihn ein Gedanke. Konnte er nicht die Kraft seines Armes durch dasselbe Mittel verzehnfachen, das die Kobra anwendete? Gift, ja das war es! Aber es mußte stärker sein als der beizende Saft, den die alten Weiber zuweilen brauten, der kleine Tiere sicher tötete, aber bei größeren oft versagte. „Ahmad muß mir helfen!"

Der Alte hörte sich Dawis Bitte an. Dann nickte er mit dem kahlen Kopf. Er rechnete an den Fingern. „Du mußt bis Neumond warten. Auch will ich zuerst noch den Geistern ein Opfer bringen, damit sie mein Werk nicht vereiteln. Ganz allein muß ich es vollbringen, denn das Geheimnis ist nur mir anvertraut worden. Würde ich es weitergeben, so wäre es mein Tod!"

Dawi wartete ungeduldig, und wirklich, eines Tages brachte Ahmad einen Krug aus dem Wald, in dem eine grünlich schillernde Flüssigkeit wie ein Raubtierauge blinkte. Der Häuptlingssohn beugte sich nieder und roch daran, doch selbst seine feinen Sinne versagten.

Ahmad lächelte. „Es ist geruchlos, und nicht einmal die klugen Weißen vermögen eine Spur davon im Körper dessen nachzuweisen, der damit getötet wurde. Tauche deine Pfeile ein und ritze damit nur die Haut eines Leoparden, eines Büffels, sie werden keine zehn Schritte mehr gehen!"

Mit einem Bündel Pfeile im Köcher, deren Spitzen er sorgfältig umwickelt hatte, streifte Dawi im Dschungel umher. Viele Tage lang blieb er fern, und kehrte er heim, so trug er am ganzen Körper Risse und Wunden.

Schweigend ertrug er die Vorwürfe des Vaters und duldete nur mit halbem Widerstreben die Fürsorge seiner Schwestern, die seine Wunden mit Öl bestrichen. Er sagte kein Wort über sein Vorhaben und kümmerte sich nicht um den Spott des Dorfes.

„Dawi wird wieder zum Affen werden, vielleicht kämpft er mit Graukopf um das Herrenrecht und wird der Vater eines Stammes von zweibeinigen Felsenaffen", so schwatzten die jungen Burschen. Mehr als einmal kamen Vijay und Dajinka mit Tränen in den Augen heimgelaufen. „Sie haben uns Affenmädchen genannt", klagten sie ihrer Mutter. „Dawi bringt mit seiner Wildheit Unehre auf uns und unsere Hütte." Aber wie immer trat Saya für ihren Ältesten ein. „Laßt ihn gewähren, er ist nun einmal anders als die einfältigen Dorfbewohner. Ihr werdet noch stolz sein auf seine Taten." Und wieder sollte Mutter Saya recht behalten.

Schon ein dutzendmal hatte Dawi die Fährten des Tigers gefunden, aber stets waren sie alt. Der Hinkende trieb sich wohl in einem andern Teil seines großen Jagdgebietes umher. Jetzt aber wußte Dawi, daß er ganz nahe war, denn in der Grotte am Fuße der Felswand lag die Tigerwitterung dick wie eine Dunstwolke.

Es war spät am Tage. Der Nashornvogel war zum letztenmal mit Futter zu seinem eingemauerten Weibchen geflogen. Die Papageien waren in ihren Schlafbaum eingefallen und stritten noch mit Gekreisch um die besten Sitzstellen. Hoch oben im Fels hockten noch in langer Reihe die Rhesusaffen und genossen nach des Tages Hitze die Abendkühle, ehe sie sich in ihre Schlafnischen zurückzogen.

Auf seinem Wechsel trottete das Panzernashorn mit seinem Jungen einem Dickicht entgegen. Grün tropfte es der Alten vom Geäse, sie blieb von Zeit zu Zeit stehen und riß ein paar belaubte Zweige von den Büschen. Einmal bot sie dem ungeduldig quiekenden Jungen das Gesäuge. Nun aber trottete sie ihrem Lager entgegen und schob ihr Kalb, das neugierig einem gackernden Fasan nachsah, mit dem gesenkten Horn voran. Sie hatte genug von des Tages Hitze und Plage, sehnte sich nach dem Lager. Fliegen umsummten die Gepanzerten, und ein paar Vögel hingen auf dem Rücken und an den Seiten der Alten, um ihr die Maden aus den Hautfalten zu ziehen und die dick vollgesogenen Zecken abzulesen.

Ein Kragenbär wechselte vorüber. Er gähnte und beleckte sich die Brust mit der langen Zunge. Aus einem hohlen Baum kam ein prächtiger rostroter Pandamarder geschlüpft und äugte neugierig auf den Bären hinab. Es brach und rauschte im Schilf. Die Gaurherde, die dort in der Suhle gestanden hatte, zog auf Äsung aus. Wie mächtige schwarze Schiffsrümpfe teilten die gewaltigen Rücken das Gelbgrün. Jetzt schob sich das breite Gehörn der Leitkuh aus dem Dickicht. Sie sicherte, prustete und trottete dann vertraut hinter dem Nashorn her, das zurückäugte und in den Büschen verschwand. Hoch im Geäst eines lianenbehangenen Baumes hockte Dawi, regungslos, wie aus Stein gehauen. Nichts entging ihm, aber er achtete kaum auf das abendliche Treiben. Sein Auge suchte immer wieder die Grotte im Fels. Er wußte, daß er heute nicht vergeblich warten würde. Sein einziges Bedenken war nur, daß Urruwo, der Tiger, vielleicht erst nach Einbruch der Dunkelheit sein Versteck verließe. Schon schoben sich die Schatten an der Felswand empor, nur noch die Wipfel der Bäume waren von der Sonne hell gerändert. Der Lärm der Zikaden schwoll an. Da regte es sich am dunklen Höhlentor. Dawi vernahm ein Schnüffeln und Fauchen. Er schwang sich von seiner hohen Warte herab auf einen Ast, der weit über einen in Gras und Gestrüpp getretenen Wechsel hinausragte und ihm freie Sicht bot. Im Dunkel der Grotte blinkten grünliche Punkte. Der Tiger war erwacht und begab sich auf die nächtliche Jagd. Nur einen Augenblick bekam Dawi seinen breiten, bärtigen Kopf zu sehen, dann war der Gestreifte in der von Farn überwucherten Felsspalte verschwunden.

Weiter unten kam er wieder zum Vorschein. Mit einem Sprung stand er auf einem gestürzten Stamm. Er sicherte nach allen Seiten, reinigte prustend seinen Wildfang und saugte hörbar die Luft ein. Der Tiger brüllte vor Behagen, während er sich an starken Ästen die Flanken rieb. Er beleckte sich, schüttelte den bärtigen Kopf, um den zudringliche Mücken surrten. Noch einmal gähnte er. Dann streckte er sich.

Dawi hörte, wie seine Krallen in die morsche Rinde fuhren und große Stücke losrissen. Er wußte, wie gefährlich der Tiger war. Wehe dem, den seine Pranke traf! Ahmad hatte mehr als einen vom Tiger Geschlagenen zu retten versucht. Fast immer vergebens. In den unteren Rillen der Krallen hingen verwesende Reste seiner Beute, die jede gerissene Wunde vergifteten. Mancher, dessen Wunden zuheilten und der sich bereits genesen wähnte, starb ganz plötzlich, denn die in der Tiefe von den Krallen zerrissenen Gewebe begannen aufs Neue zu bluten. ,,Hüte dich vor dem Gestreiften, schon eine leichte Wunde kann tödlich sein'', so hatte Ahmad warnend gesagt, als ihm Dawi verriet, was er vorhatte.

Hoch richtete sich der Tiger auf. Er hatte ein Geräusch im Schilf vernommen. Wahrhaft königlich stand er da, der Tyrann der Bergwälder. Grimmig war die gestreifte Stirn gerunzelt, die Seher glühten, seine mächtigen Muskeln wurden zu Wülsten, deutlich traten sie aus dem Fell hervor. Der Rücken straffte sich, und wie eine gestreifte Schlange spielte der Schweif, zuckte mit der Spitze und verriet die Erregung des Raubtieres.

Jetzt setzte der Tiger mit einem Sprung von dem Baum herab und trabte den schmalen Wechsel entlang. Dawi legte einen Pfeil auf die Sehne und packte den zweiten mit den Zähnen, um ihn griffbereit zu haben. Dann stieß er ein scharfes Zischen aus. Kein Dschungeljäger tötet ein Tier, ehe er es gewarnt hat. Auch dem Tiger gegenüber erinnerte sich Dawi dieser Pflicht.

Mit einem Ruck war der Tiger stehengeblieben. Seine Seher starrten nach oben. Einen Atemzug lang standen sie Auge in Auge. Urruwo hatte seinen Todfeind erkannt. Er öffnete den Rachen zu einem drohenden Fauchen, maß die Entfernung zu dem Ast und zog die Hinterbeine an, spannte die Muskeln zum Sprung.

Da flog der erste Pfeil und bohrte sich ihm tief in die Schulter. Hochauf schnellte der Tiger, aber er sprang um eine Prankenlänge zu kurz und hatte Mühe, seinem Sturz mit Pranken und Schwanz Richtung zu geben. Mit allen vieren fing er die Wucht des Fluges ab. Da traf es ihn zum zweitenmal. Diesmal fuhr ihm der Schmerz in den Hals. Er griff mit der Pranke nach oben und knickte den Schaft. Brennende Schmerzen breiteten sich rings um die Wunden aus. Der Tiger konnte nicht anders, er mußte nach den schmerzenden Stellen schnappen, sich selbst ins Fell beißen.

Zum drittenmal schoß Dawi, dann aber schnellte er auf und schwang sich in eine höhere Astgabel. Keinen Augenblick zu früh, denn der angeschweißte Tiger hatte all seine gewaltige Kraft zusammengenommen und im Sprung den untersten Ast erreicht. Hatte Dawi zuviel auf das Gift vertraut? Versagte seine Wirkung bei diesem von einem bösen Geist besessenen Mörder?

Dawi fühlte, wie ihm die Angst an die Kehle sprang. Doch nein, der Tiger krümmte sich zusammen, er brüllte nicht mehr, er jaulte, winselte. Unerträglich schmerzten ihn die Giftwunden, und jetzt glitten seine Hinterbeine ab. Er hing ächzend auf dem Ast, zum letztenmal suchten seine Seher nach dem Feind. Dann lösten sich seine Krallen, und schwer stürzte er in die Tiefe. Dawi sah, wie er um sich schlug, den Boden aufriß, Wurzeln zerfetzte, Äste zerbrach. Und nun lag er mit gekrümmtem Rücken auf der Seite, ein Zittern lief über seinen muskelstarken Nacken, über die Flanken bis hinaus in die Schwanzspitze.

Noch ein Seufzen. Urruwo, der Mörder des Dschungels, war verendet, und ein Schrei hallte durch die im abendlichen Dunkel versinkenden Bergwälder, rauh, gurgelnd. Aus der Kehle eines Rhesus schien er zu kommen, nur war er viel stärker, dröhnender. Dawi kündete allem Getier seinen Sieg. Bis hinauf in die Felsnische hallte der Ruf.

Die Affenhorde war erwacht. Am Steilabfall standen die starken Männchen und erwiderten den Siegesruf mit aller Kraft ihrer Lungen. Sie grüßten Dawi, den Sieger, der so lange einer der Ihren war.

Ein Fremder im Dorf

Auch im Dschungel ist ein Halbwüchsiger wie Dawi noch kein Mann. Aber wenn er schon einen Tiger getötet hat, so rücken die Alten bereitwillig zur Seite und geben ihm einen Platz im Rat.

Ernsthaft saß Dawi an der Seite seines Vaters und hörte auf die halblauten Reden der Männer. Es ging um Sudu. Vor einigen Tagen hatten ihn die Dschungeljäger gefunden, abgerissen, halb verhungert. Sie brachten ihn in das Dorf, wo er um Aufnahme bat.

Sudu war ein wortkarger Mann. Die meisten lachten hinter seinem Rücken über sein einfältiges Gebaren. Auch Dawi hatte über ihn gespottet, bis er ihm einmal in die Augen sah. Er zuckte zurück, denn er fühlte, daß hinter dieser niedrigen Stirn ein unheimliches Wesen lauerte, bereit, jählings und unvermutet hervorzubrechen und sich auf sein Opfer zu stürzen. Es war der Blick eines Besessenen, und Dawi wußte, daß man sich vor Sudu hüten mußte.

Aber als die Alten jetzt über die Aufnahme des Fremden berieten, da schwieg er. Wie hätte er den Männern klarmachen sollen, was er fühlte?

In der Hütte des buckligen Noi hatte Sudu Aufnahme gefunden. Der Schweigsame und der Geschwätzige vertrugen sich gut miteinander. Endlich hatte Noi einen Menschen gefunden, der ihn nicht für einen Feigling hielt. Er brüstete sich mit Heldentaten, mit Siegen über Menschen und Tiere. Vor Sudu kramte er all seine kleinen Gehässigkeiten gegen die Nachbarn, gegen Ahmad und den Häuptling aus. Es gab keinen, den Noi verschonte, jeder hatte ihm schon ein Unrecht angetan.

Einmal fragte ihn Sudu: ,,Warum hast du deine Neider und Widersacher nicht niedergeschlagen? Du verfolgst sie mit dem Haß eines alten Weibes, anstatt sie zu bestrafen!" Noi blieb der Mund vor Staunen offen. ,,Hai, hai", murmelte er. ,,Ja, warum habe ich sie nicht überwunden mit der Kraft meines Armes?" Sudus Augen blitzten tückisch. ,,Ich bin ein Mann, und ich gedenke wie ein Mann zu handeln, wenn meine Stunde kommt."

Wäre Dawi an Nois Stelle gesessen, so hätte er wohl aufgehorcht und die Schritte des Fremdlings überwacht, denn in den Worten lag mehr als eine leere Drohung. Das geheimnisvolle Wesen, das hinter Sudus Stirn lauerte, hatte seine Krallen gezeigt.

Jagash kümmerte sich ein wenig um den Fremdling. Bestand nicht der Stamm der Dschungelmenschen zur Hälfte aus solchen vom Wind verwehten Zugewanderten? Er hatte weder Lust noch Zeit, sich um ihr Herkommen zu kümmern oder gar nach den Gründen zu suchen, die sie in die Einsamkeit der Wälder trieben.

Sie waren einmal da, wurden aufgenommen und fügten sich den Gesetzen des Stammes. Mancher von ihnen erwies sich als geschickter Schmied und Handwerker, als tüchtiger Jäger, als kluger Ratgeber.

Das Leben in Ogu ging seinen gewohnten Gang, eintönig, ein wenig langweilig. Die Sammler brachten reiche Vorräte an Früchten ein, die Jäger schleppten Körbe voller Eier und Bündel von Hühnern, Tauben und Papageien in das Dorf. Der tüchtigste Jäger von allen aber war Dawi, der Häuptlingssohn. Wie hätte Jagash nicht mit ihm und mit seinem bescheidenen Urwaldglück zufrieden sein sollen? Er hatte eine treue, tüchtige Lebensgefährtin gefunden, zwei Töchter wuchsen heran, die der Mutter regelmäßige Züge und ihre dunklen Augen geerbt hatten, in deren Tiefe der Dschungel träumte.

Alles geschah, wie es geschehen sollte. Regen und Sonne kamen zur rechten Zeit und mit den Tieren des Dschungels, mit den Großen, Gefährlichen, lebten die Ogus in Frieden. Jetzt aber war etwas geschehen, was Jagash aus seiner stillen Zufriedenheit aufschreckte. Zwei alte Frauen, die nach einem Zaubertrank verlangten, der die bösen Träume scheuchte, hatten das Unglück entdeckt. Ahmad lag tot in seiner Hütte auf dem Schlaffell. In der linken Schulter trug er das Mal der Königskobra, die auf unerklärliche Weise aus ihrem

Korb entschlüpft war. Dort stand er leer in der Ecke, das Riemenband, mit dem er verschnürt wurde, hing lose herab.

Jagash rief Dawi und schickte einen Knaben zu den Hütten der Alten. Alle sollten sie kommen, vielleicht galt es, ein Verbrechen aufzuklären. „Die Kobra soll Ahmad gebissen haben, sie, die jedem Wink seiner Hände gehorchte", rief Dawi zweifelnd. Aber nun kauerte er neben Ahmad und besah die Wunde. Er dachte an die Erzählung des Alten auf dem Tempelplatz. In die linke Schulter, nahe dem Herzen, hatte die Kobra dereinst Kopi, den Burmesen, gebissen. Er hörte nur mit halbem Ohr auf seines Vaters Rede. Dann begann er nach der Mörderin zu suchen. Sie hatte die Hütte nicht verlassen. Er fand sie hinter den Körben und Krügen in einer Ecke zusammengerollt im Schlaf. Als jählings das Tageslicht in ihr Versteck fiel, richtete sie sich zischend auf. Dawi griff nach ihr, aber seine Hand zitterte, und fast hätte er die Schlange zu weit hinter dem Kopf gepackt. Jetzt ließ er sie in den Korb gleiten und band den Deckel zu.

„Ahmad muß vergessen haben, den Deckel zu verschnüren. Er pflegte die Schlange des Abends zu füttern, ehe er sich zur Ruhe legte", murmelte Langur. „Immer warnte ich ihn vor der Mitbewohnerin seiner Hütte", setzte Rao, der Netzflechter, hinzu, während

Noi hämisch kicherte. Er hatte den Alten nie leiden mögen.

Unter den Männern stand auch Sudu, sein Gesicht war unbewegter als je zuvor. Er warf kaum einen Blick auf den Toten.

Jagash rief die Männer zum Rat. „Die Königskobra hat ihn getötet", so begann er. „Nach der Sitte unseres Stammes muß sie den Blutpreis für ihre Tat bezahlen . . ."

„Wenn niemand gefunden wird, der ihr den Korbdeckel öffnete", warf Rao dazwischen und sah die Männer der Reihe nach an.

„Ahmad hatte nur Freunde im Dorf. Niemand ist unter uns, der solch einer Tat fähig wäre", rief Langur.

„Was nützt das Gerede", keifte Noi, „wer von uns wollte auf dem festgetretenen Hüttenboden die Fährte eines Täters suchen? Das vermag nicht einmal Dawi, der sonst die Bäume reden hört und die Sprachen aller Tiere spricht."

Dawi fuhr auf, denn er fühlte den Spott hinter den Worten des Buckligen. Er suchte vergeblich nach scharfen Worten, das Blut stieg ihm ins Gesicht, noch nie hatte er vor dem Rat der Männer gesprochen.

Langur enthob ihn der Verlegenheit. Mit dröhnender Stimme rief er: „Ahmad ist tot, seine Mörderin aber lebt. Laßt uns die Königskobra erschlagen."

„Wer sie tötet, der stirbt am Biß ihrer Gefährtin", murmelte Rao.

Dawi, der seinen Ärger über Noi bereits vergessen hatte, hob die Hand. Freundlich nickte ihm Jagash zu. „Sprich Dawi", sagte er würdig, „deine Hand hat den Tiger geschlagen, laß uns hören, ob du auch guten Rat zu geben vermagst."

Noch einmal wollte die Verlegenheit Dawis Zunge lähmen, als er alle Blicke auf sich gerichtet sah. Dann aber erhob er sich und sah sich im Kreise um. „Hat noch keiner der Männer bedacht, daß die Königskobra auch das Werkzeug der Geister gewesen sein könnte, die eine lange zurückliegende Tat sühnte, die Ahmad vor uns allen verbarg? Vielleicht war ihr Biß nur ein Urteilsspruch der Götter. Laßt uns die Schlange in den Dschungel zurücktragen, aus dem sie kommt. Ahmad selbst hat die Kobras immer als heilige Schlangen bezeichnet, die im besonderen Schutze der Unsichtbaren stehen."

Eine Weile schwiegen die Graubärte. Der eine und andere nickte zu Dawis Rede. Jagashs Augen leuchteten vor Stolz. Jetzt sprach Rao. „Vergebens suchten wir nach einem Rat, ein Knabe mußte ihn finden und uns beschämen. Wer kennt die Wege, die Ahmad jenseits der Pfade unseres Dorfes ging? Wer von uns ist frei von aller Schuld? Wagt es einer von uns, dem Willen der Götter zu trotzen? Ihre Hand hat die Lederschlinge am Korb der Schlange gelöst!"

Die Männer nickten und Dawi wurde beauftragt, den Spruch in die Tat umzusetzen. Mit dem Korb unter dem Arm begab er sich zu den Tempelruinen. Auf dem Pfad, den nur er allein kannte, drang er durch das Dickicht und erreichte den Tempelplatz. Dort stellte er den Korb nieder und öffnete den Deckel. Zischend fuhr die durch die Erschütterung des Tragens gereizte Kobra heraus. Aber Dawi hatte sich einige Schritte zurückgezogen. Die Schlange fand keinen Feind und beruhigte sich allmählich. Ihr gespreizter Schild legte sich zusammen, und züngelnd kroch sie über den Korbrand hinweg. Jetzt erreichte sie eine von der Sonne erwärmte, doch bereits wieder im Schatten liegende Steinplatte und streckte sich wohlig mit gespreizten Schuppen aus. Behutsam nahm Dawi den Korb auf und verließ die Stätte. Kaum hatten sich die Büsche hinter ihm geschlossen, da schob sich ein dunkles, rattenartiges Köpfchen aus einer von Schlingpflanzen überhangenen Mauerlücke. Zwei listig funkelnde Augen spähten hinter Dawi her, runde Ohren fingen den Laut seiner sich entfernenden Tritte auf, und mit einer geschmeidigen Bewegung stand das ganze Tierchen jetzt auf einer Steinplatte. Die scharfbekrallten Pfoten verschwanden fast ganz unter der grauen, weißgeringelten Behaarung.

Der Mungo richtete sich hoch auf, dann kratzte er sich am Hals, wobei sein derbes Haar wie dürres Gras raschelte.

Plötzlich erstarrte das muntere, so harmlos aussehende Geschöpf und zeigte mit einem Schlag seine wahre Natur. In federnden Sprüngen lief es über die Steinplatten hinweg, geradewegs auf die ruhende Kobra zu. Sein eben noch glatt anliegendes Haar sträubte sich und ließ es größer erscheinen.

Schon hatte die Königskobra ihren Todfeind erkannt. Mit einem Ruck fuhr sie auf, ihre Halsrippen spreizten das Schild, warnend zeigte sie ihr Geistergesicht, ihr Kainsmal. Aber der Mungo kümmerte sich nicht um ihre drohende Gebärde, und ebensowenig berührte ihn das scharfe, pfeifende Zischen. Hier im Schatten konnte die Schlange ihren Gegner trotz ihrer Kurzsichtigkeit deutlich erkennen. Ihr Hals wiegte den gefährlichen Kopf vor und zurück, sie maß den Abstand.

Und doch – wie merkwürdig! Sonst pflegte die Riesenkobra, ihrer Gefährlichkeit bewußt, ohne Zögern anzugreifen. Eine Störung genügte, sie zu reizen. Diesmal aber schien sie unschlüssig, zeigte deutlich, daß sie dem Kampf nur zu gern ausgewichen wäre. Sie war viermal so groß wie der Mungo. Nichts schützte ihn vor ihren Gifthaken als die dichte Behaarung und eine derbe, dicke Haut. Im übrigen war er durchaus nicht gegen das Kobragift gefeit.

Aber eine Waffe hatte er, und er spielte sie mit aller Überlegenheit aus: seine Wendigkeit, seine unwahrscheinliche Schnelligkeit. Die Schlange kochte vor Wut. Deutlicher als sonst trat das dunkle Zickzackband auf ihrem Rücken hervor, noch breiter wurde ihre Haube. Die Augen sprühten Blitze, und die zweispitzige Zunge fuhr vor und zurück. Wieder und wieder zischte sie, versuchte den Mungo einzuschüchtern, indem sie sich ein Stück voranschob, ihm hochaufgerichtet entgegenglitt. Dabei suchte ihr Auge doch nur nach einem Unterschlupf, einer Spalte, in der sie verschwinden konnte.

Der einstige Tempelplatz wurde zur Arena. Schweigend stand ringsum der Dschungel, aus dessen Grün die funkelnden Augen der Gibbons lugten. Die Langarmigen waren beim Zischen der Kobra zu Tode erschrocken. Jetzt saßen sie mit gesträubten Rückenhaaren da und flüsterten einander ihren Abscheu und ihren Haß zu. Mildneugierig folgte ein Hahn von der Höhe des alten Tempeltores aus mit schief geneigtem Kopf dem Kampf der Eierdiebin mit dem Mungo. Jetzt gackerte er und machte einen Luftsprung.

Blitzschnell hatte die Schlange zugestoßen, sich nach vorn geworfen. Aber dort, wo eben noch der Mungo kauerte, frech, herausfordernd die Zähne wies, war nur harter Stein, über den sie, von der eigenen Wucht mitgerissen, ein Stück weit hinglitt. Der Mungo nützte die sich bietende Blöße der Kobra nicht aus. Er wußte, daß seine gefährliche Feindin noch viel zu stark und schnell war. So begnügte er sich mit einem Scheinangriff, der sie hinderte, dem bergenden Gestrüpp, den schutzbietenden Mauerlöchern näherzukommen. Er reizte sie zu neuen Ausfällen, lockte sie dadurch immer mehr in die Mitte des freien Tempelplatzes. Hatte die Kobra bislang noch eine gewisse Vorsicht bewiesen, indem sie sich stets nach dem Biß blitzschnell zusammenzog, so wurde sie jetzt besinnungslos vor Wut. Darauf hatte der Mungo gewartet, nun übernahm er die Führung des Kampfes. Knurrend sprang er vor und zurück. Er steigerte seine Geschwindigkeit noch, so daß ihm das Auge der Schlange fast nicht mehr folgen konnte. Eben noch saß er vor ihr, im nächsten Augenblick schnappte er schon nach ihrem zuckenden Schwanzende. Immerzu mußte sich die Kobra drehen und wenden. Wieder stieß ihr geiferndes Maul ins Leere.

Im selben Augenblick fühlte sie einen scharfen Biß im Rücken. Sie fuhr herum. Zu spät! Der Mungo saß bereits wieder außer Reichweite und starrte sie mit funkelnden Augen an. Es gab kein Ausweichen, keine Flucht. Deutlich genug zeigte die Königliche, daß sie zu entkommen wünschte, daß sie die nutzlosen Ausfälle ermüdeten. Schon hatte sie drei, vier Bisse hinehmen müssen.

Langsamer wurden ihre Bewegung, ihr Zischen verlor viel von seiner Bosheit und Schärfe. Jetzt ein Sprung – mit dem Schwanz schlagend rollte die Schlange über den Boden hin und bildete mit dem Mungo, der an ihrem Nacken hing, einen wild verschlungenen Knäuel. Allmählich ließen die Zuckungen der Schlange nach, die Körperringe, die sie der Schleichkatze um den Rücken geschlungen hatte, lösten sich. Der Mungo ließ sie los, er sprang zurück, um sie im nächsten Augenblick erneut knurrend am Hals zu packen. Es knirschte, als die Wirbel der Kobra unter seinem Biß brachen. Gelähmt, besiegt lag die Schlange da. Noch zuckte ihr Körper, noch drohten die Gifthaken in ihrem weit aufgerissenen Rachen. Der Mungo beschnupperte die Feindin, dann packte er sie und schleppte sie hinter sich her in die Büsche. Der Kampf war zu Ende; was nun kam, dazu brauchte er das bergende Dunkel des Busches, Ruhe und Ungestörtheit. Schon knackte das furchtbare Haupt unter seinen spitzen Zähnen. Schmatzend verzehrte er es mitsamt den Giftdrüsen.

Hoch in den Wipfeln erschallten wohllautende Pfiffe. Die Gibbonaffen hatten sich wieder beruhigt, ihre gefürchtete Feindin war tot. Mit sicherem Griff haschten sie die Äste, die Lianenranken und kletterten, nein, flogen durch den Dschungel. Geschickt den Schwung ausnützend, schleuderten sie sich in Turmhöhe über dem Boden von einem Baum zum andern. Als Dawi heimkehrte, war das Feuer, das Ahmads Leib verzehrt hatte, bereits erloschen.

„Er war ein alter Mann, dessen Zeit sowieso bald abgelaufen wäre", meinte Langur, und damit betrachteten die Dörfler die Geschichte als abgetan. Der einzige, der Näheres über Ahmads letzte Nacht wußte, Sudu, der Zugewanderte, saß abseits vom Dorf am Fluß und lächelte wie einer, der eine gute Tat vollbracht hatte. Jetzt konnte er bald in die Heimat zurückkehren und erzählen, daß den Mörder Kopis die Rache erreicht hatte und daß er, Sudu, Kopis Sohn, es war, der das Werk vollbrachte. Jahrelang war er der Spur des Flüchtigen gefolgt, bis er ihn in einem Dschungeldorf fand . . .

Die verborgene Tempelgruft

Schon manchesmal hatte Dawi von der Zauberrinde gegessen, die den Männern seltsame Träume schenkte. Dann saß er da mit geschlossenen Augen, ganz der inneren Schau hingegeben. Er saß wieder bei der Affenhorde in den Felsnischen. Er fühlte sich von den Armen der einohrigen Äffin umschlungen und hörte ihre zärtlichen Laute, die er so gut verstand wie die Sprache seiner Mutter. Er kämpfte mit Graukopf und führte die Horde durch Fels und Dschungel, er beschützte sie mit vergiftetem Pfeil vor Leopard und Tiger. In seinen Träumen fühlte Dawi die Stärke des Elefanten in seinen Gliedern. Unbesieglich, gewaltig herrschte er, und wo er ging und stand, erwiesen ihm die Tiere und Menschen den Häuptlingsgruß.

Freilich, jedem Traum folgte ein Erwachen. Wüst und leer war dann der Kopf. Dawi fühlte sich wie zerschlagen, gelähmt. Das Unbehagen, das der Genuß der Zauberrinde zurückließ, schien ihm ein zu hoher Preis für den flüchtigen Traum, dessen Hochgefühl mit dem Erwachen erlosch.

Und hatten ihm diese Träume jemals Antwort auf all die Fragen gegeben, die ihn beschäftigten, die ihm niemand, nicht einmal der alte Ahmad beantworten konnte? Ahmad, der Zauberer – ja, er begnügte sich nicht mit der Zauberrinde, die jedermann im Dschungel gelegentlich aß. Ihm erschlossen sich die Geheimnisse, zu ihm sprachen die Götter, wenn er den Trank bereitete, dessen Herstellung nur er selber verstand. Oft hatte er den Alten belauscht, wenn er tief in den Dschungel hineinging, um die Blätter eines Strauches zu suchen, die er zerkaute und in einen Topf spie, um sie zusammen mit einem würzig duftenden Kraut und der Rinde des Zauberbaumes zu kochen. Stets benahm sich der Alte dabei so seltsam, lauschte auf jeden Laut. Und als Dawi einmal wie zufällig zu ihm trat, verbarg er das Gebräu vor ihm und holte es erst viel später wieder hervor.

Es mußte ein ganz besonderer Trank sein, denn jedesmal, wenn sich der Alte seinem Genuß hingab, war er ganz verändert. Er sah hochmütig über die Dschungelmenschen hinweg, lächelte verächtlich über ihre Reden und machte Dawi gegenüber Andeutungen von der Welt jenseits der Waldberge, jenseits der Meere. Verwirrt, verstört saß Dawi dann da. Denn was wußte er, der Dschungelläufer, von fremden Ländern und Erdteilen?

Obschon Dawi vor dem Seltsamen heimlich graute, plagte ihn doch immer wieder die Neugier. Und jetzt hatte er einen Entschluß gefaßt. Er wollte das Tor, das der Alte so sorgfältig vor ihm verschlossen gehalten hatte, mit Gewalt aufstoßen.

Dawi hatte sich den Busch und das Zauberkraut gut gemerkt, aber er mußte lange suchen, ehe er alles fand, was er zur Bereitung des Trankes brauchte. Noch einmal zögerte er. Wagte er nicht zuviel, wenn er sich dies Dschungelgeheimnis erschloß? Ein betäubender Geruch stieg aus den Blättern und Stengeln auf, die er in den Händen hielt. Dawi ahnte ja nichts davon, daß er im Begriff war, ein Rauschgift zu brauen, dessen natürliche Wirkung nichts mit Zauberei zu tun hatte. Mit gerunzelter Stirn saß er an dem kleinen Feuer, über dem er den Saft auskochte. Und nun war es soweit. In dem Topfe schillerte ein grünliches Gebräu wie ein Raubtierauge. Ein betäubender Wohlgeruch stieg daraus auf. Dawi mußte an sich halten, um nicht sogleich einen Schluck davon zu trinken. Scheu sah er sich um.

Braungrüne Dämmerung umgab ihn, da und dort schossen einzelne Sonnenstrahlen durch die Lücken der Wipfel wie leuchtende Speere herab. Hier war es zu licht für solch heimliches Tun. Auch Ahmad hatte immer eine fern vom Dorf gelegene Höhle aufgesucht, ehe er sich dem Zauber hingab.

Der Häuptlingssohn lächelte. Sorgfältig band er den Topf mit einem großen Blatt zu und schlug den Weg zu den Tempelruinen ein. Dort war er ungestört, denn für die Ogus waren die Ruinen tabu, heilig. Dawi lächelte über ihre Schlangenfurcht. Auch von den Geistern, die dort hausen sollten, hatte er noch nie etwas bemerkt. Hoch über ihm pfiffen die Gibbons, in der Ferne vernahm er das Schwatzen seiner Freunde, der Rhesusaffen. Er dachte an Ama und an die Listen, die er heute wieder angewendet hatte, um dem anhänglichen

Freund zu entschlüpfen. Ganz allein mußte er sein, wenn er das Wagnis unternahm, Dinge zu erforschen, die allen andern Ogus verborgen blieben.

Dawi erreichte den Tempelplatz. So behutsam schritt er dahin, daß die Schlangen ruhig liegenblieben. Er sah sich um. Ob er es wagte, noch tiefer in die Ruinenstätte einzudringen? Sicher fand er eine Nische, eine Kammer, die sich zu seinem Vorhaben eignete.

Er schob die niederhängenden Schlingpflanzen beiseite und trat druch das Tempeltor. Eine grün überwucherte Treppe lag vor ihm. Zögernd stieg er die breiten Stufen hinab. Und nun stand er in einer tiefen Grube. Ringsum lagen bemooste Mauerblöcke. Ein kühler Hauch wehte ihn an.

Wieder zog er einen Pflanzenvorhang auseinander, und vor ihm öffnete sich ein dunkler Gang. Dawi stellte den Krug ab und zog aus einem Beutel, den er um den Hals trug, die Feuerhölzer. Schon rauchte die Rinde unter dem von seinen geschickten Händen wirbelnden Bohrholz. Er blies in das glühende Mehl, ein Flämmchen leckte empor, ergriff die welken Blätter, die er hinhielt, und jetzt brannte ein harziger Ast, den er aufgriff. Dawi bündelte noch ein paar dieser natürlichen Fackeln zusammen, griff nach seinem Topf und trat entschlossen in den Gang ein.

Festes Mauerwerk, das den Jahrhunderten getrotzt hatte, umgab ihn. Er hielt den Atem an und lauschte. Nichts rührte sich.

Nun aber zuckte er zusammen, lächelte im nächsten Augenblick wieder beruhigt. Fledermäuse, fliegende Hunde. Sie liebten dieses Versteck. Eine Schlange zischte. Dawi blieb stehen, bis sie sich beruhigt hatte. Tiefer und tiefer hinab führte der Gang. Stellenweise mußte Dawi über eingestürztes Mauerwerk klettern und durch enge Spalten kriechen. Da und dort hatten Wurzeln das Mauerwerk gesprengt und griffen mit phantastisch geformten Händen nach dem Eindringling.

Wollten ihm die Geister, deren Ruhe er störte, den Zutritt zur Unterwelt verwehren? Da tauchte aus dem Dunkel eine Gestalt mit Hörnern und Flügeln. Zähne starrten aus aufgerissenem Rachen. Ein Dämonenbild, dereinst dazu bestimmt, böse Gewalten fernzuhalten, stand in einer Mauernische. Dawi hatte seinen ersten Schreck bereits überwunden. Das Abenteuer lockte ihn. Er hatte den Topf mit dem Zaubertrank ganz vergessen.

Ein Dutzend Tempelwächter, zum Teil halb im Schutt versunken, von Moos und Flechten überzogen, bekam er zu sehen, dann stand er plötzlich vor einer glatten Mauer. Der Gang war zu Ende.

Dawi war enttäuscht. Er hatte irgend etwas Besonderes, Unheimliches erwartet. Sollte er sich hier zwischen den seltsamen Schreckgestalten niedersetzen und den Zauber erproben?

Wieder war es ein Luftzug, der Dawi aufmerken ließ. Von dort hinten kam er, wo durch die eingestürzte Decke Erde eingedrungen war. Dawi steckte seine Fackel in den Haufen und begann zu wühlen. Er tat es mit großer Vorsicht, denn jeden Augenblick konnte eine Schlange aus dem Loch fahren, das in eine Mauerlücke hineinführte.

Jetzt aber sah er, daß sich hinter dem Erdhaufen ein neuer Gang auftat. Schon war die Öffnung so groß, daß er hindurchschlüpfen konnte. Diesmal führte ihn eine schlüpfrige Treppe noch tiefer hinab in das Dunkel, und dann stand er plötzlich in einer weiten, von Säulen getragenen Halle. Die Wände glitzerten beim Licht der Fackel von Nässe.

Dawi hob die Leuchte hoch. Er stieß einen Schrei aus. Fast wäre ihm die Fackel entglitten. Aus einer Nische starrten ihn grünlich schillernde Augen an. Schrecken lähmte ihn. Unwillkürlich sog er die Luft ein, um den Raubtierdunst aufzufangen, der ihm von dort entgegenstreichen mußte. Doch die Augen bewegten sich nicht.

Dawi tat einen tiefen Atemzug und zwang sich, der Gefahr entgegenzutreten. Er lächelte. Ein riesiges Götzenbild stand vor ihm, dreiäugig, das dritte Auge saß auf der Stirn.

Durga-Kali, die Furchtbare, sah auf ihn herab, wie sie vor Jahrhunderten auf Scharen Gläubiger niederblickte, die sie um gute Gaben anflehten und die das Böse, das die Göttin verhängen konnte, durch Opfer von sich abzuwenden suchten. Grausam war sie, die mächtige Gattin Shivas, der zusammen mit Brahma und Vishnu das strahlende Dreigestirn bildete. Was wußte Dawi schon davon? Der einzige, der ihm vielleicht etwas von der Göttin hätte erzählen können, der alte Ahmad, war tot.

Er ahnte nicht, daß über die Felsplatten, auf denen er stand, dereinst das Blut der Opfertiere in Strömen geflossen war, ja, daß auch anderes Blut den Sockel netzte, auf dem die Göttin stand. So furchtbar sah die Göttin auch gar nicht mehr aus. Von der Wölbung niedertropfendes Wasser hatte ihr einen dicken Mantel von Kalk um die Schultern gelegt und ihr schreckliches Maul mit den vorstehenden Zähnen überkrustet, vermauert. Auch das aus Menschenköpfen gebildete Halsband war darunter verschwunden. Aus diesem Kalksteinbart, der Durga-Kail in einen alten Mann verwandelte, ragten die Nase, die Wangen, die Stirn hervor. Ihre Augen, die in früheren Tagen so böse, so raubtierhaft und blutgierig blinkten, strahlten jetzt in mildem Grün. Aus leuchtenden, großen Smaragden waren sie gebildet, und ein Kranz funkelnder Edelsteine zierte ihre Stirn, deren Glanz auch die Jahrhunderte nicht hatten trüben können. Unwillkürlich fiel Dawi vor dem Götzenbild in die Knie.

Lange verharrte er mit erhobenen Händen und gebeugtem Rücken, bis ihn das Zischen der niedergebrannten Fackel aufschreckte. Er mußte sich beeilen, einen neuen Strunk zu entzünden.

Dawi sah sich um. Er erinnerte sich wieder seines

Vorhabens. Ja, hier, zu Füßen des Götzenbildes, war der richtige Platz dafür. Er zweifelte keinen Augenblick, daß die Dreiäugige, die jetzt kalt und starr vor ihm saß, leibhaftig aus der Tempelgrotte treten würde. Was keines Menschen Ohr je vernommen, das würde er hören. Als ein Auserkorener, ein Berufener würde er wieder zu den Seinen zurückkehren, um ihnen den Willen der Gottheit kundzutun.

Schon hatte Dawi das Blatt von seinem Topf losgebunden. Noch einmal sog er den wundersamen Duft des Gebräues ein, dann trank er in langen Zügen und ließ sich mit einem Seufzer zurücksinken. Schwer lehnte er gegen den Sockel der Furchtbaren. Hier, an derselben Stelle, an der einst Hassende um den Tod und die Bestrafung ihrer Feinde, Habgierige um Reichtümer und Demütige um die Erfüllung armseliger Bitten gefleht hatten, schlief Dawi. Nichts von all dem Bösen, das Irrwahn und umnachteter Götzenpriestersinn je erdacht hatte, fand zu ihm hin. Seltsame, nie gesehene Bilder umgaukelten ihn, kamen und gingen. Er hatte die Pforte zum Geisterreich kühn überschritten! Schwer ging sein Atem, er fühlte sich emporgehoben, er flog über die Waldberge, über Länder und Meere dahin, von denen er bis zur Stunde nichts geahnt, von denen sich seine Phantasie kein Bild hatte machen können. Dawi schwebte in Glückseligkeiten und empfand

Höllenqualen. Er wand sich, stöhnte unter der Last dessen, das sich auf seine Schultern legte, und er lächelte beseligt beim Hall der Sphärenharmonie, deren Klänge er vernahm.

Allmählich nahmen seine Träume Gestalt an. Da traten sie aus dem grauen Gewoge, das ihn umgab: die Elefanten, die Nashörner, Büffel und Hirsche. In friedlichem Nebeneinander Hyäne, Schakal, Bär und Affe, Waldantilope – Tiere, zwischen die Feindschaft gesetzt ist seit dem Anbeginn der Zeiten. Wie seltsam das war! Sie sprachen zu Dawi mit Grunzen, Knurren und Blöken, und trotzdem verstand er jedes ihrer Worte.

Nein, nicht mehr die Stimmen der Tiere vernahm er jetzt. Saß da nicht der uralte Har vor ihm, der gekrümmt und zusammengeschrumpft, wie ein Überbleibsel aus längstvergangenen Zeiten, durch das Dorf humpelte, und dessen Seele nur selten zu den Seinen zurückfand?

Klar erinnerte er sich der Worte, die der Greis zuweilen vor sich hinmurmelte. Heute bekamen sie Sinn und Inhalt. Gewaltig schwoll die Stimme des Alten an, hallte wie ferner Donner. Es dröhnte und summte in Dawis Ohren. Begierig lauschte und lauschte er.

So aber sprach der Greis: „Zwischen vielen Tieren und dem Ogustamm herrscht Friede. Selbst die Geister derjenigen, die wir töten müssen, versöhnen wir durch Opfer und Gebet. So soll es sein nach dem Willen der Götter. Aber jenseits unserer Wälder hausen Menschen, die schlimmer sind als der Tiger des Dschungels, gieriger als Hyäne und Buansu. Sie töten nicht, um vom Fleisch der Tiere zu leben, sie töten aus Habsucht, um ihrer niedrigen Leidenschaften willen. Um Geld verkaufen sie Felle und Gehörne, um Geld schlagen sie selbst den Elefanten in Bande. Alles, alles wollen sie haben, in den Eingeweiden der Erde wühlen sie nach Schätzen, sie plündern undd rauben Dinge, die ihnen heilig sein müßten!

Nicht einmal die Tempel sind vor ihrer Habgier sicher. Wehe, wenn diese Menschen in unsere Wälder kommen!

Vor ihnen und ihrer unersättlichen Gier ist der Ogustamm mehr als einmal geflohen. Aber wer vermag ihrer Raublust und ihrer Habsucht zu entgehen! Gleich den Hyänen, die nach Aas suchen, schleichen sie auf allen Pfaden. Vor dem Blutdunst, den sie um sich verbreiten, fliehen die Tiere."

Ja, nun sah Dawi die Mörder im Dschungel, er hörte die Todesschreie der stürzenden Tiere, er sah, wie sich die Menschen, von denen Har gesprochen hatte, auf sie warfen, um sie ihrer Felle und Gehörne zu berauben. Er sah, wie sich um die Säulen der Elefanten zähe, unzerreißbare Bande schlangen, er hörte den Notschrei der gequälten Kreatur.

Dawi stöhnte, er wollte die Augen schließen, sich die Ohren zuhalten und lag doch da wie gelähmt. Er mußte das Grauenvolle erleben, erdulden.

Und während er Unsagbares litt, regten sich zugleich in ihm gewaltige Kräfte. Die angstgeweiteten Augen der Tiere flehten; er, der ihre Stimmen verstand, mußte und konnte sie retten! Kannte er nicht alle Pfade des Dschungels? Auf ihnen wollte er die Tiere in die Berge führen, in die Stille, die Abgeschiedenheit. Sümpfe und Flüsse wollte er zwischen sie und die Gierigen legen, alle Spuren verwischen. Er sah die Jäger, von denen Har erzählt hatte, gleich Wildhunden durch den Dschungel irren, er hörte ihr Wutgebrüll, als sie ihre bösen Pläne vereitelt sahen.

Dawi saß mitten unter den Tieren, die sich zu Füßen des Bildes der Göttin in der Höhle gelagert hatten. Nun glaubte er zu wissen, was die Geheimnisvolle mit den grünen, unergründlichen Augen von ihm verlangte. Er sollte der Retter und Beschützer der Tiere werden, der Tiere, deren Bruder er geworden war, als er, ein hilfloses Kind noch, bei den Affen lebte und von ihnen in die Dschungelgeheimnisse eingeweiht wurde.

Wieder vernahm Dawi geisterhafte Klänge, ein Sternengetön, das leiser und leiser wurde und zuletzt in weiter Ferne verhallte. Und nun versank alles in tiefer Nacht. Mit einem Seufzer erwachte Dawi, aber das Dunkel blieb. Längst war ja seine Fackel erloschen. Er konnte sich nicht regen. Wie eine Klammer legte sich ihm der Schmerz um den Kopf. Die Nachwehen des Rauschgifttrankes setzten ein. Stöhnend kauerte Dawi im Dunkel. Er fühlte sich wie zerschlagen, sehnte sich nach Ruhe und Schlaf. Zugleich empfand er die Kühle der Tempelnische und schauderte. Allmählich besann er sich auf sich selbst, er tastete umher, obschon ihm jede Bewegung fast unerträgliche Qualen verursachte. Hier lagen die harzigen Äste neben dem leeren Topf.

Dawi griff nach seinem Beutel und holte die Feuerhölzer, die trockene Rinde und die dürren Blätter hervor. Es gelang ihm, die lähmende Schwäche niederzukämpfen. Vor Schmerz stöhnend, begann er zu arbeiten. Unheimlich war es im Dunkel, das mit geheimnisvollem Flüstern und Raunen zu ihm sprach. Laut hallte der Tropfenfall in der hohen Wölbung. Es raschelte und zischte geisterhaft.

Wie lange es währte, bis er Rauchgeruch spürte, bis ein winziges rotes Gluthäufchen entstand! Doch nun brannte die Fackel, und wiederum strahlten die grünen Augen der Göttin kalt und starr auf Dawi nieder.

„Ich habe Deinen Willen erkannt", flüsterte Dawi. „Ich weiß, was du von mir forderst, und ich will alles tun, was ich vermag. Dem Bösen will ich wehren, die Tiere will ich beschützen, die Meinen dorthin führen, wo Ruhe und Friede herrschen. An die Worte des alten Har will ich denken auf all meinen Wegen."

Er schauderte, denn er glaubte, sie überall schleichen zu sehen, die Männer mit den kalten, bösen Augen und den schwarzen Herzen. Müde, an Leib und Seele gebrochen, stieg Dawi wieder empor zum Tempelplatz.

Geblendet schloß er die Augen. Er sah sich um wie in einer fremden Welt, die er zum erstenmal betrat. Mit erhobenen Händen grüßte er die Schlangen, die noch immer im Sonnenschlaf ruhten, die vorüberstreichenden Vögel, den Bären, der ihm auf schmalem Wechsel begegnete, die Büffelherde im Sumpf. Da stand auch das große Panzernashorn mit seinem Jungen wie ein dunkler Schatten hinter der Wand von Halmen und Stengeln.

Dawi kniete nieder und verhielt sich reglos. Die grüne Wand teilte sich, der klobige Kopf der gepanzerten Riesin erschien. Aus blöden Augen sah sie auf den Häuptlingssohn nieder. Sie schnaubte. Hätte Dawi eine Bewegung gemacht, so wäre sie mehr aus Schreck als aus Bosheit auf ihn losgestürmt und hätte ihn unter ihren hornigen Sohlen zerstampft. So tat sie einen Schritt, einen zweiten. Neugierig lief ihr Kalb herzu und quiekte beim Anblick des jungen Burschen. Es stieß ihn in die Seite, als wollte es ihn zum Spiel auffordern, und trollte zurück zu seiner Mutter, die sich gleichgültig abwandte, um die gewohnte Suhle aufzusuchen.

Mitten im Dschungel legte sich Dawi nieder, und im Augenblick war er eingeschlafen. Seine schmerzverzerrten Züge glätteten sich allmählich, das qualvolle Stöhnen verebbte, seine Atemzüge wurden tief und regelmäßig. Die junge, gesunde Natur des Dschungelmenschen war dabei, die Nachwirkungen des Rauschgiftgenusses zu überwinden. Aber der Dawi, der sich nach langem, tiefem Schlaf wieder erhob, war ein anderer geworden.

Jagashs Gesicht verfinsterte sich. Aus Dawi, dem Tigertöter, der sich einen Platz im Rat der Männer erworben hatte, wurde wieder ein Waldläufer. Schlimmer als das, er kehrte oft einen ganzen Mondwechsel lang nicht mehr zurück aus dem Dschungel, und wenn er kam, waren seine Hände leer. Nie mehr griff er nach Pfeil und Bogen, ja nicht einmal einen Stein hob er auf, um wie früher einen Fasan aus den Wipfeln zu holen. Er lächelte nur über die Vorwürfe des Vaters und schwieg. Gelang es aber Vijay und Dajinka einmal, den Bruder zum Sprechen zu bringen, so klang seine Rede seltsam wie die eines Sehers. „Vielleicht wird Dawi ein großer Weiser, ein Zauberer gleich Ahmad", lächelte Saya.

Unwillig fuhr Jagash auf. „Ein Häuptling soll er werden, sein Platz ist an meiner Seite. Wie kehrte er das letzte Mal zurück? Nackt, ohne Lendentuch! Einem Wilden, einem Felsenaffen war er ähnlicher als einem Menschen! Und warum schweigt er, wenn ich ihn frage, wo er sich herumgetrieben habe? Wissen will ich, was Dawi tut, und wenn er es nicht sagt, so will ich seinen Schritten folgen!"

Jagash hielt Wort. Als sich Dawi anschickte, wie schon so oft zuvor still aus dem Dorf zu verschwinden, griff Jagash nach Pfeil und Bogen und huschte hinter seinem Sohn her. Es war nicht leicht, den jungen Burschen zu beschleichen. Knackte ein Ast unter Jagashs Tritten, so fuhr er herum, und mißtrauisch prüfte er den Wind. Einem Wildtier gleich durchzog er den Dschungel.

Jetzt hockte er am Fuß einer Felswand nieder und stieß halblaute Lockrufe aus. Er brauchte nicht lange auf Antwort zu warten. Da kamen sie auch schon über die Felswand herab, die Rhesusaffen, die Horde, der sich Ama, jetzt ein ausgewachsenes Männchen, angeschlossen hatte. Sie umringten Dawi, sprangen ihm auf die Schultern, auf die Knie und griffen gierig nach den Erbsen, die er aus einem mitgebrachten Beutel zog. Er schwatzte mit der Horde, spielte mit den Jungen und besänftigte den Zorn des Hordenführers, der eben eines der Weibchen züchtigte.

Jagash mußte trotz seines Ärgers über die friedliche Gruppe lächeln. Weiter folgte er Dawi und sah ihn in das dichteste Dickicht hineinkriechen, in dem, wie er wußte, das reizbare Panzernashorn zu ruhen pflegte. Er wollte ihn warnen, doch jeder Laut konnte gefährlich werden und das Nashorn reizen. Nun war es auch schon zu spät dazu. Dawi war in dem Dickicht verschwunden. Mit unheimlicher Vorsicht kroch Jagash näher, und als es ihm endlich gelang, einen Blick in das Nashornlager zu werfen, stockte ihm der Atem. Hatte es jemals einen Menschen gegeben, der es wagen durfte, die Gepanzerten zu berühren? Dawi stand neben der riesigen Kuh und suchte ihr mit geschickten Händen die Zecken aus den Hautfalten. Ab und zu mußte er sich umwenden und einen ungestümen, aber durchaus nicht ernstgemeinten Angriff des Kalbes auf seine Beine abwehren. Als der kleine Bulle gar zu grob wurde, schwang Dawi sich zu Jagashs Schrecken auf den Rücken der Kuh, um dort in aller Ruhe seine helfende Tätigkeit fortzusetzen. Und das bösartige alte Nashorn ließ es sich gefallen und blieb mit geschlossenen Lichtern liegen, prustete gar von Zeit zu Zeit wohlig!

So behutsam wie er gekommen war, verließ Dawi

das Versteck der Nashörner wieder und schlug die Richtung zu den Tempelruinen ein. Mit Büffeln und Elefanten sah ihn Jagash spielen, der in seiner Neugier das Tabu übertreten hatte. Tief in Gedanken versunken, trat er den Heimweg an. Wahrhaftig, er hatte kein Recht, Dawi zurückzuhalten. Er war ein Bruder aller Dschungelgeschöpfe geworden. Vielleicht wurde dem Stamm dadurch noch einmal Hilfe. Jagash erinnerte sich an eine alte Geschichte, die er als Knabe einmal vernommen hatte.

Der Stamm der Ogus hatte mit einer Elefantenherde in Freundschaft gelebt, die eine blutgierige Horde von kopfjagenden Bergbewohnern zerstampfte und vernichtete, als sie die friedlichen Wälder überfallen wollten.

Sang-Nu und seine Bande

Flußauf durch die pfadlosen Dschungelwälder zog eine kleine Bande von Elefantenjägern. Sang-Nu, ein hellbrauner Mischling mit schiefgeschlitzten Augen, war ihr Anführer. Es war eine aus allen vier Winden zusammengelaufene Gesellschaft mit Gesichtern, die alle bösen Leidenschaften gezeichnet hatten. Eine üble Bande von Verbrechern, Männern, die dem Henker mit dem

Strick um den Hals davongelaufen waren. Hier im wilden Dschungel fühlten sie sich wohl.

Hai, endlich hatten sie wieder einmal ein unberührtes Waldgebiet gefunden, das leichte Jagd versprach! Einer ihrer Späher war auf einen einsamen Waldläufer gestoßen, einen Burmesen namens Sudu. Von ihm hatten sie erfahren, daß im Dschungel von Owati in der Nähe des Dorfes Ogu eine Elefantenherde stand, Tiere mit gewaltigen Hains – Stoßzähnen – von der Länge eines Ochsen, zwei, drei Manneslasten schwer. Nicht einen der kleinköpfigen, dummen Miergas hatte er bei der Herde gesehen, sie bestand nur aus starken, klugen Dwasalas! Und den Herdenbullen sowie einige Jungtiere wagte der Burmese, der sich auf Elefanten verstand, sogar als Kumirias, als edle, ebenmäßig gewachsene Tiere zu bezeichnen, wie man sie nur selten zu sehen bekam.

,,Kumirias", murmelte Sang-Nu, ,,Kumirias werden mit Gold aufgewogen von den Kennern." Er grinste und zeigte dabei seine vom Bethelkauen schwarzgefärbten Zähne. Hai, hai, sollte ihm das Glück zuteil werden, wohl am Ende gar einen Albino, einen weißen Elefanten in den Bergwäldern zu finden? Der Burmese hatte davon gesprochen, war aber seiner Sache nicht sicher gewesen. Sang-Nu winkte Mon an seine Seite, er war der Späher der Bande gewesen, der Sudu fand.

„Weißt du gewiß, daß wir auf dem rechten Weg sind?" fragte er und reichte ihm zugleich eine der dikken, stumpfen Zigarren, die er selbst zu rauchen pflegte. Mon nickte eifrig, während er das Kraut beroch und Feuer schlug. „Wir brauchen nur dem Fluß zu folgen, bis wir auf eine Badestelle stoßen. Von dort aus führen ausgehauene Wege zum Dorf der Ogus, deren Häuptling Jagash ist. Mit den Elefanten leben die Ogus in Frieden. Sudu hat es selbst gesehen, daß sie in der nächsten Nähe des Dorfes äsen, und Dawi, der Sohn des Häuptlings, wagte es sogar, ihnen Früchte zu bringen, die sie aus seinen Händen nahmen."

Sang-Nu schüttelte ungläubig den Kopf. „Wann hat man vernommen, daß wilde Elefanten die Jäger ungestraft in Reichweite ihrer Rüssel dulden?" Mon grinste. „Die Ogus sind keine Jäger, sondern armselige Wäldler, die sich mit allerlei Kleingetier begnügen."

„Um so besser", murmelte Sang-Nu, „dann wird die Herde so vertraut sein, daß wir sie ohne Mühe in die Khedda treiben können. Vielleicht wird sie dieser Dawi hineinführen", setzte er hämisch hinzu. „Wir werden die Dschungelmenschen schon dazu bringen, daß sie uns beim Fang helfen."

Mons Augen glühten bei diesen Worten des Anführers tückisch auf. Er kannte die Mittel, die Sang-Nu anzuwenden pflegte, um dergleichen Volk gefügig zu machen. Ging es nicht im Guten mit Geschenken, so griff Sang-Nu zur Gewalt. Unter den Händen seiner Burschen wurde auch der Trotzigste zahm wie ein geprügeltes Hündchen.

Und jetzt war die Bande da, saß rauchend und Bethel kauend um ein kleines Feuer auf dem Dorfplatz und besprach sich mit Jagash und den Alten. Harmlos und gutmütig gaben sich die Elefantenjäger, und einstweilen hielten sie sich zurück, warfen kaum einen Blick auf die sanftäugigen, hübschen Dschungelmädchen, die sich scheu vor ihnen verbargen und doch immer wieder neugierig unter den Matten hervorlugten.

Sang-Nus Gesicht verfinsterte sich, denn er erfuhr, daß er gerade die ungünstigste Zeit getroffen hatte. Jetzt, während die Trockenzeit die Wälder ausdörrte, die Tümpel austrocknete und die Flüsse zu winzigen Rinnsalen schrumpfen ließ, hatte die Herde eine ihrer Wanderungen angetreten, von der sie erst nach der Regenzeit zurückkehren würde. Wo sie weilte? Jagash zuckte die Schulter. „Wer kennt die Gedanken dieser mit der Weisheit eines uralten Geschlechts gesegneten Riesen? Sind sie nicht die ältesten aller Tiere, lebten sie nicht schon lange vor dem Anbeginn aller Zeiten?"

Ungeduldig sog Sang-Nu an seiner Zigarre. Was kümmerten ihn die Sagen und Mären dieser Hinterwäldler! Elefanten wollte er fangen, und daß es damit diesmal nichts war, das sah er ein. Umsonst die ganze Plackerei, die Wanderung durch den pfadlosen Wald!

Er spuckte aus und grübelte. Daß es keinerlei Zweck hatte, der Herde auf ihrer Wanderung zu folgen, das wußte er. Elefanten legen oft hunderte von Kilometern zurück, um in eine Gegend zu kommen, die ihnen zusagt. Zudem ist auch ein ausgetretener Elefantenwechsel durchaus keine glatte Straße, vielmehr eine Schneise, überwuchert von Gestrüpp und Dornen, halbmannshohem Gras, unter dem tiefe Löcher lauern. Die Riesen gehen ja über solche Hindernisse achtlos hinweg, die einen Mann, auch wenn er ein zäher, geübter Waldläufer ist, zur Verzweiflung bringen können.

Handelte es sich aber gar nur um einen gelegentlichen Wanderpfad, so war es noch schlimmer. Den Bambus schoben die Elefanten nur beiseite, hinter ihnen schloß er sich wieder, und kaum eine Fährte blieb zurück.

Sang-Nu hatte Mühe, seine Burschen zu bändigen. Nur gar zu gern hätten sie ihren Unmut an den Dschungelbewohnern ausgelassen. Aber dieser Jagash sah nicht so aus, als ob er sich viel gefallen ließe. Hatte es nicht Mon bereits erspäht, daß die Frauen und Mädchen nicht mehr im Dorf weilten? Zudem beschloß Sang-Nu, sein Glück später zu versuchen, und er wollte dazu die Dschungelmenschen bei guter Laune erhalten. Als Freunde kehrten sie nach der Regenzeit wieder, als gute Freude.

Daß es trotz alledem bald genug zu Übergriffen der Fänger kommen würde, wußte Sang-Nu. Deshalb drängte er zum Aufbruch. Er wollte die Umgebung des Dorfes noch durchstreifen, um das Jagdgelände zu erkunden, den Platz für die zu bauende Khedda, die Einfriedung, die zum Fang der Herde diente, auszuwählen. Jagash gab ihnen zwei seiner jungen Männer mit. Er selbst war froh, daß die Bande so rasch wieder abzog. Die Männer mit den falschen Augen und den Galgengesichtern waren ihm zuwider. Bei aller Einfalt und Harmlosigkeit hatte er doch auch den Instinkt des Wilden, der ihn gegen diese Bande mißtrauisch machte.

Vergebens warnten die Ogus ihre Begleiter vor Gaur und Nashorn. Sang-Nu und Kuchru, die Anführer, schlugen auf ihre Gewehrkolben. Mit den schweren Büchsen würden sie den Dschungelmenschen schon zeigen, wie man Großwild jagte. Es war vielleicht ganz gut, ihnen die Überlegenheit ihrer Waffen zu beweisen.

Aber trotzdem geschah es so plötzlich, daß keiner der Jäger dazu kam, auch nur einen Schuß abzugeben. Es krachte und brach im Gestrüpp, eine riesige, braungraue Gestalt brach hervor und raste mitten durch den Trupp. Mon stieß einen gellenden Schrei aus, da hatte ihn auch schon das Horn des Dickhäuters erfaßt und hoch emporgewirbelt. Er stürzte im Bogen, fiel auf den Rücken eines erschreckt hinter der Alten herlaufenden Jungtieres und landete, ohne ernstlich Schaden genommen zu haben, in einem Dornenbusch. Die Jäger lachten. Dergleichen Abenteuer hatten sie schon zu Dutzenden erlebt.

Sang-Nu runzelte die Stirn und überlegte. Dann grinste er. Nashörner brachten einen guten Preis. Die Sahibs waren toll hinter ihnen her. Aber unbeschädigt und gesund mußten sie sein.

Sein Plan war gefaßt. Er wollte das junge Nashorn fangen, dann war der Zug in den Dschungel doch nicht ganz umsonst gewesen.

Ohne auf die Einwände der beiden Ogus zu hören, nahm er mit seinen Männern die Verfolgung auf. Zum zweitenmal wurden sie von dem nun ernstlich gereizten Nashorn angenommen, aber diesmal waren die Jäger auf den Angriff gefaßt. Sie sprangen zur Seite, duckten sich hinter Baumstämme. Nur Mon hatte wiederum das Unglück, umgerannt und in die Dornen geworfen zu werden, was ihm Spott und Gelächter eintrug. Kuchru hatte geschossen, aber er war schlecht abgekommen, es fand sich kein Schweiß in der Fährte der Nashörner.

Voran Sang-Nu und Kuchru mit schußbereiten

Büchsen, nahmen die Jäger die Verfolgung wieder auf. Die beiden Ogus waren immer weiter zurückgeblieben und verschwanden schließlich ganz. Sie wollten nichts mit dieser Jagd zu tun haben. Wußten sie nicht längst, daß die Seele einer der Ihren in dem Gepanzerten hauste? Hatte sie nicht Dawi immer wieder gemahnt, Frieden zu halten mit den Tieren, nur von dem Überfluß zu nehmen, den ihnen die Götter bescherten?

Jetzt krachte donnernd ein Schuß. Sang-Nu hatte das Nashorn beschlichen und angeschweißt. Wütend nahm ihn die Kuh an, aber sie fand den tückischen Schützen nicht und mußte eine zweite Wunde hinnehmen. Kuchrus Kugel war ihr in die Halsfalten gefahren. Sie schweißte stark und suchte den dichtesten Dschungel auf, um endlich Ruhe zu finden.

Aber wiederum begann es rings um ihr Versteck zu knacken und zu brechen. Ihre feinen Ohren fingen die leisen Rufe der Männer auf. Besinnungslos vor Wut sprang sie auf, und während ihr der rote Schweiß aus den Wunden spritzte, griff sie an. Wieder vernahm sie das Donnern der Schüsse und fühlte, wie ihr die Schmerzen in die Flanken fuhren. Ihre Panzerhaut half ihr nichts gegen die Stahlmantelgeschosse.

Und jetzt fühlte die Kuh eine merkwürdige Schwäche. Mit gesenktem Kopf stand sie da und keuchte. Roter Schaum tropfte ihr aus dem Geäse. Ihr Kalb quiekte und stieß sie an, beunruhigt von der Witterung der Männer, die jetzt deutlich zu spüren war. Noch einmal äugte die Nashornmutter nach ihrem Jungen, versuchte es zu lecken und brach in die Knie, rollte zur Seite. Sie röchelte, und diese nie gehörten Laute erschreckten das Junge so, daß es davonlief, um sogleich wieder umzukehren.

Eine Weile blieb alles still. Dann begann das Knakken und Brechen aufs Neue, und jetzt tauchten die Männer aus dem Dickicht. Sie lachten, riefen laut, und das ratlose, verstörte Kalb wurde durch diese Laute vollends um den Verstand gebracht. Noch hatte es nicht begriffen, was mit seiner Mutter geschehen war, die so still lag und sich gar nicht mehr um sein Quieken kümmerte, da kamen sie auch schon von allen Seiten hervorgestürzt und warfen sich auf das Bullenkalb.

Die Hölle brach los im Dschungel. Wohl war das Kalb noch klein, aber es tobte, schlug um sich, biß und schnappte, trat mit den Beinen und raste hierhin und dorthin. Zum drittenmal an diesem Tag wurde Mon umgerannt und diesmal mit aller Kraft in die Dornen gestoßen.

Die Männer wurden von der Wildheit des Tieres mitgerissen. Sie heulten, stießen gellende Schreie aus und kämpften wie die Teufel. Sie wurden umgestoßen, niedergetreten, sie empfingen Wunden und schmerzhafte Stöße, aber keiner achtete darauf. Jetzt endlich war es ihnen gelungen, dem rasenden Bullenkalb Stricke um die Hinterläufe zu werfen. Aber noch immer wehrte sich das junge Nashorn, bis es schließlich an allen vieren gebunden, im Gras lag und nur noch nach Luft schnappte und zwischendurch verzweifelt quiekte.

Sang-Nu saß auf seinem Rücken, ein paar der Männer hatten sich erschöpft niedergeworfen. Aber alle lachten und schwatzten, wischten sich das Blut von Armen und Beinen und banden wohl auch einen Lappen um tiefere Risse.

„Hai, hai, lieber will ich ein Krokodil am Schwanz aus dem Ganges ziehen oder ein Elefantenkalb mit bloßen Händen fangen, als noch einmal solch einen Teufel bändigen", keuchte Mon und rieb sich seine schmerzende Hinterseite. Die andern grinsten und nickten zu seinen Worten.

„Es ist ein kleiner Dämon, ein Hundesohn von einem Nashorn. Wir werden schwere Mühe haben, es bis an die Küste zu schaffen", brummte Kuchru. Sang-Nu hatte sich erhoben und betastete das Bullenkalb von allen Seiten. „Es hat keinerlei Schaden gelitten beim Kampf", stellte er befriedigt fest. „Um so mehr Schaden litt Mons Haut", höhnte Kuchru, der damit beschäftigt war, den Gefährten zu verbinden.

„Vielleicht haben die Dschungelbewohner doch recht, wenn sie behaupten, daß ein böser Geist in diesen Tieren stecke", sagte Karu, ein schmächtiger Hindu, der sich am meisten von allen vor Gespenstern fürchtete. Die andern gaben ihm keine Antwort.

Es galt nun, das störrische Jungtier aus dem Dschungeldickicht herauszuschaffen und einen Pfad zum Fluß hinab auszuhauen. Eine schwere Arbeit! Während einige der Bande zähe Seile aus Lianen flochten, lösten ein paar andere große Stücke Wildbret aus dem Körper der Kuh. Sie wußten, daß auch ein altes Nashorn einige recht schmackhafte und nicht zu zähe Stellen unter seiner Panzerhaut trug. Bald brannten die Feuer auf einem rasch freigeschlagenen Platz, und würziger Bratenduft verbreitete sich.

Nach dem Mahle begann der schwierige Weg. Das Nashornkalb mußte getrieben werden. Es war ja nicht daran zu denken, das bereits mehrere Zentner schwere Tier zu tragen. An allen vier Beinen von zähen Lianenseilen gehalten, stand es quiekend im Dschungel. Nur Schritt um Schritt brachten es die Männer voran. Zwischendurch begann das Kalb zu äsen, was Sang-Nu bereitwillig zuließ. Ganz plötzlich zeigte es sich willig, lief in der gewünschten Richtung durch dick und dünn, um ebenso unvermittelt störrisch zu werden und sich zum Rasten niederzuwerfen. Sang-Nu und seine Männer hatten Erfahrung. Sie ließen das Kalb gewähren. In gemächlichen Tagemärschen erreichten sie mit dem jungen Nashorn den Fluß.

Dort ordnete Sang-Nu den Bau eines starken Floßes an, mit dem auch die zur Trockenzeit nicht besonders gefährlichen Schnellen überwunden werden konnten. Während der Arbeit stellte er mit Kuchru eifrig Fallen. Ein Leopard, ein halbwüchsiger Lippenbär und ein halbes Dutzend Gibbonaffen sollten zusammen mit dem Nashornbullen die Fahrt antreten. In zwei bis drei Tagen war alles bereit.

Daß die Ogus das Lager der Tierfänger ständig aus sicherer Entfernung beobachteten, entging dem verschlagenen Sang-Nu nicht. Er ließ deshalb gute Wache halten, obschon er keineswegs irgendwelche Feindseligkeiten befürchtete. Vielleicht aber schlich sich der eine oder andere der Wäldler in das Lager, um eine Axt, ein Buschmesser oder sonst ein wertvolles Werkzeug zu stehlen.

Jagash saß mit sorgenvollem Gesicht in seiner Hütte. Der Tod des Nashorns, in dem er einen besonderen Schutzgeist seiner Familie gesehen hatte, machte ihm zu schaffen. Wo nur Dawi blieb? Vergebens hatte er seine Männer nach ihm ausgesandt und selbst erneut das Tabu übertreten und die Tempelruinen durchsucht. Eben, als er wieder einmal Saya mit Vorwürfen überhäufte, um einen Teil seines Ärgers loszuwerden, verdunkelte sich der Eingang. Dawi stand da, sehnig und hager, mit zerrissenem Lendentuch. Wie immer lächelte er. Von seinem Gesicht, seinem ganzen Wesen ging etwas Beruhigendes, Friedliches aus, dem sich niemand entziehen konnte.

Vergebens besann sich Jagash auf die bösen Worte, die er ihm sagen wollte. Er winkte ihn näher heran, und in seiner Stimme zitterte noch etwas von seinem Groll nach, als er sagte: ,,Große Dinge geschehen im Dorf. Du aber, Dawi, dessen Platz im Rate der Alten an meiner Seite ist, streichst in den Wäldern herum."

Dawi lächelte. Dann aber wurde auch seine Miene düster. Er wollte aufschnellen, besann sich aber und ließ sich zurücksinken. Mit geneigtem Kopf hörte er des Vaters Bericht von der Ankunft der Tierfänger.

Sie waren da, die Friedenstörer, vor deren Habgier und Hartherzigkeit ihn die Worte des alten Har gewarnt hatten.

Rette die Tiere! Wieder glaubte er wie damals diese Mahnung zu vernehmen. Nun erst wurde ihm die Größe der Aufgabe klar, die vor ihm stand. Die Tierfänger besaßen den schnellen Tod, die Waffen der Sahibs, von denen die Alten zuweilen am Feuer erzählt hatten. Es waren böse, entschlossene Männer. Der Jungbulle, den er das Einhorn nannte, wenn er mit ihm scherzte, war von ihnen in das Lager am Fluß geschleppt worden. Tierfallen lauerten im Dschungel von Owati, der bislang eine Insel des Friedens gewesen war.

„Laß mich über das, was über uns gekommen ist, nachdenken", wehrte Dawi das Drängen seines Vaters ab. Nur halb zufrieden sah ihm Jagash nach. Natürlich, nun lief er wieder in den Dschungel, aus dem er eben erst heimgekehrt war. Jagash zweifelte daran, daß dieser Bursche jemals ein verläßlicher Stammeshäuptling werden würde.

Hoch in den Wipfeln näherte sich Dawi dem Lager der Tierfänger. In einer Astgabel kauernd, lauschte er auf die Rufe der gefangenen Tiere. Einmal, als der Jungbulle schrie, zitterte er vor Erregung. Um Hilfe, um Rettung flehte dieser Schrei, um Hilfe bettelten die weichen Pfiffe der Gibbonaffen, das seufzende Brummen des Lippenbären.

Dawi überlegte. Ganz allein wollte er das, was getan werden mußte, auf sich nehmen. Jagash und seine Männer sollten mit Frauen und Kindern waldein flüchten, um vor der Rache der Tierfänger sicher zu sein.

Dawi wartete die Nacht ab. Es war die letzte, die Sang-Nu und seine Männer am Ufer verbringen wollten. Morgen früh sollten die Käfige auf das Floß geschafft werden, dann konnte die Fahrt beginnen.

Es war eine dunkle Nacht. Wie ein heller Stern leuchte das Wachtfeuer des von einem festen Zaun umhegten Lagers. Dort saß Mon, die Büchse quer über die Schenkel gelegt, den Kopf vornübergeneigt, und lauschte auf die Stimmen der Nacht. Wildhunde wimmerten, Hyänen lachten, die Rufe der Nachtvögel schallten über den Fluß. Ab und zu gaukelte einer von ihnen niedrig über dem Feuer, um es neugierig anzustarren.

Jetzt ließ der hustende Schrei eines Leoparden den Wächter aufhorchen. Der Gefangene im Käfig antwortete mit einem klagenden Geheul. Mon erhob sich und machte die Runde. Vor dem an zwei Bäume gefesselten Nashornbullen machte er halt und schob ihm mit dem Fuß ein Büschel Pflanzenzweige vor die Schnauze. Aber der Jungbulle prustete nur unwillig.

Mon kehrte zum Feuer zurück. Hatte er ein wenig zuviel von dem Reisschnaps getrunken? Schwer sank ihm der Kopf vornüber, und bald verrieten seine tiefen Atemzüge, daß er eingeschlafen war.

Am Lagerzaun ein leises Knacken, das Ächzen zäher Lianenranken unter dem Schnitt eines scharfen Messers. Dawi arbeitete so behutsam wie möglich. Er brauchte lange, ehe es ihm gelang, ein paar der klobigen Pfosten loszuschneiden und aus dem Grund zu heben. Jetzt war eine Lücke entstanden, die der Schatten der Bäume barg. Dawi huschte hindurch. Mit einem fast unhörbaren weichen Lippenschnalzen warnte er die Gibbons, die bei seinem Auftauchen unruhig werden wollten. In einem Knäuel kauerten sie hinter den Gittern und streckten ihm die schwarzen Hände flehend entgegen. Dawi stand über Mon geneigt am Feuer. Das Messer in seiner Rechten blinkte blutrot. Zweimal hob er es zum Stoß, zweimal ließ er es wieder sinken. Der Wächter schlief tief und fest.

Wie eine Schlange glitt Dawi auf allen vieren zu der Stelle, wo das junge Nashorn lag. Jetzt kam das Gefährlichste. Ein lautes Prusten, ein Quieken konnte die Schläfer wecken. Zum Glück war der Jungbulle wach, er blinzelte kurzsichtig und wollte aufspringen. Doch schon fingen seine Ohren den Warnlaut Dawis auf. Er hatte den Freund erkannt. Seine Zunge fuhr Dawi über den Rücken, als dieser die Lianenseile betastete, die das Kalb hielten.

Ein atemloses Lauschen, dann kniete er nieder, und wieder ächzten die Lianenseile unter dem scharfen Stahl. Von Zeit zu Zeit richtete sich Dawi auf und flüsterte dem unruhig hin- und hertretenden Kalb ein paar Laute ins Ohr. Jetzt löste er auch den zweiten Strick. Einhorn war frei, und es war merkwürdig, wie sacht das schwere Tier auftreten konnte. Wie ein Lamm folgte es Dawi zu der Lücke im Zaun. Noch immer rührte sich der Wächter nicht.

Eine Weile war alles still. Dann kehrte Dawi zurück. Noch war sein Werk nicht vollendet. Er näherte sich dem Affenkäfig. Dabei mußte er eine matt vom Feuer beleuchtete Stelle überschreiten. Er tat es, indem er sich niederließ und wie eine Schlange darüber hinglitt. Die Aufregung der Affen war die größte Gefahr. Die klugen Gibbons merkten, daß sich die Käfigstangen lockerten, und versuchten, die Köpfe hindurchzustekken. Dawi fühlte, wie ihm das Herz wild zu klopfen begann. Jeden Augenblick konnte er entdeckt werden.

Da, eben, als der erste der Affen herausglitt, regte sich Mon. Ein halblauter Ruf. Der Wächter sprang auf. Der Blitz eines Schusses zerriß die Dunkelheit. Flüche, Geschrei, dazwischen das Brüllen des Leoparden, das Pfeifen der Affen, die hintereinander durch die Lücke des Käfigs drängten, und nun ein zweiter Schuß. Ein Schatten schnellte an Kuchru vorüber, der aus der Hütte sprang. Er griff zu und fuhr mit einem Schrei zurück. Ein Dolchstich hatte ihm den Arm aufgerissen. Hoch flackerte das Feuer auf. Die Männer duckten sich unter dem Gewitter, das über sie niederging. Sang-Nu brüllte wie damals, als einer von ihnen das Kheddator zu langsam schloß und einige der getriebenen Elefanten entkamen. Mon, der verschlafene Wächter, bekam die Peitsche zu spüren, aber das machte die Sache auch nicht besser. Das wertvolle Nashorn und drei der Affen war entkommen. Deutlich standen die Tritte des nächtlichen Schleichers im weichen Grund.

„Ein Mann, der die Zehen beim Gehen krümmt, wie es die Affen auf dem Boden zu tun pflegen. Er hat eine Narbe auf der linken Sohle", stellte Kuchru fest und bewies damit, daß er sich auf das Lesen einer Fährte verstand.

Sang-Nu biß sich auf die Lippen. „Bei Tagesgrauen folgen wir diesem Hundesohn", knirschte er. „Und wenn wir ihn fangen, dann lassen wir ihn lange sterben."

Die Bande grinste. Jeder von ihnen wußte ein paar Scheußlichkeiten, die er an dem Schurken zu erproben gedachte.

Aber Sang-Nu bestimmte, daß nur drei der Ausdauerndsten mit ihm auf der Spur bleiben sollten. Die andern sandte er mit dem Floß und den Käfigen flußab. Es mußte sein, denn zwei seiner Männer waren krank, das Fieber schüttelte sie, daß sie mit den Zähnen klapperten, und auch ein paar andere hielten sich nur noch mit Mühe auf den Beinen.

„Wir wollen den Kerl, der uns den Fang entführte, lebendig begraben", knurrte er, als er mit Kuchru, Mon und Karu aufbrach. „Wer ihn fängt, der bekommt den zehnfachen Monatslohn. Schießt nur auf die Beine!"

Finster nickten die andern, auch sie gierten danach, dem nächtlichen Besucher Auge in Auge gegenüberzustehen, wenigstens nahe genug, um ihn mit der Peitsche zu erreichen. Mon gelobte, ihm die Hiebe, die er seinetwegen erhalten hatte, gründlich heimzuzahlen.

Es war gar nicht so schwer, der Spur des Mannes zu folgen. Deutlich genug stand sie im weichen Boden des Flußufers. Sie führte nicht, wie es Sang-Nu erwartet hatte, zum Dorf hinauf. Im Gegenteil, der Dieb war flußab geflüchtet. In weitem Bogen lockte Dawi seine Verfolger von Ogu weg und führte sie tief in die Bergwälder hinein, auf Pfaden, die nur er allein kannte. Er hatte keine Eile, ein paarmal bekamen ihn seine Verfolger zu sehen. Es war für ihn, den Waldläufer, den zähen, ausdauernden Dschungelmenschen, nur ein Spiel.

Freilich, bereits am zweiten Tag hätte es zu Ende gehen können. Wieder einmal ließ er sich sehen und höhnte die Tierfänger mit teuflischem Hyänengelächter, da krachte ein Schuß, und Dawi stürzte in das Gras. Die Kugel hatte ihn an der Schulter gestreift und eine fingerlange, blutige Rinne eingekerbt. Dawi war mehr aus Schreck als aus Schmerz gefallen. Aber er hatte eine gute Lehre erhalten. Nun wußte er, daß die Verfolger ihn auf viele Pfeilschußweiten treffen konnten, und er vergrößerte den Abstand. Um den Eifer der Tierfänger anzuspornen, verband er seine Wunde nicht. Er sorgte dafür, daß Blut in seine Fußstapfen und auf die Blätter der Büsche spritzte. Er hörte das Geschrei, mit dem sie hinter ihm herliefen.

Die vier waren tüchtige Spürer, und diesmal ließen sie kein Zeichen außer acht. Aber in Dawi hatten sie ihren Meister gefunden. Als er sie weit genug von Ogu fortgelockt hatte und sicher war, daß sie den Weg dorthin kaum mehr finden konnten, schwang er sich hinauf in die Bäume. Seine Fußtapfen endeten an einem Sumpfarm, und vergebens suchten die Verfolger zu beiden Seiten der Senke nach einer neuen Spur.

„Er muß geflogen sein", murrte Karu wütend.

„Kein Mensch kann ewig in den Baumkronen bleiben. Wir müssen die Tritte mit der Narbe und den gekrümmten Zehen wiederfinden", wütete Sang-Nu. „Sagte ich nicht, daß der Schurke wie ein Affe geht? Er ist ebenso auf den Bäumen zu Hause wie auf dem Boden. Wir können die Jagd aufgeben, er ist uns entkommen", brummte Kuchru.

Sang-Nu knirschte mit den Zähnen. Er trieb seine Männer an, noch einmal all ihren Spürsinn aufzubieten; er verdoppelte, verdreifachte die Belohnung. Vergebens! Der Narbenfuß war nirgends mehr zu finden. Erschöpft, von Fieber geschwächt, am Ende ihrer

Kräfte, mußten sie umkehren. Mon, der Späher, übernahm es, sie zurück an den Fluß zu führen, obschon er selbst keineswegs so fest überzeugt war, die rechte Richtung einzuschlagen. Der Narbenfuß hatte sie kreuz und quer im Dschungel umhergehetzt, und auch der Ortssinn eines Waldläufers hat seine Grenzen.

Auf der Elefantenfährte

Da stand nun Einhorn, der junge Nashornbulle, ganz allein im Dschungel, nachdem Dawi ihn verlassen hatte. Er war wieder frei, doch die Seilenden an seinen Fußgelenken erinnerten noch an seine Knechtschaft. Um den Bullen nicht zu verletzen, hatte Dawi nur die Stricke abgeschnitten. Wie schon so manchesmal zuvor, begann Einhorn an seinen Beinen zu scheuern, und diesmal hatte er Erfolg. Die Schlingen lösten sich und fielen ab, jetzt war er wieder ganz ein Geschöpf des Dschungels.

Einhorn brauchte die Mutter nicht mehr, es äste längst selbst, trug bereits einen starken Panzer und wußte auch das Horn auf seiner Nase zu benutzen. Aber er war noch immer ein Jungtier, voller Spiellust und Geselligkeitstrieb. Die mürrische, eigenbrötlerische Art seines Geschlechts trat ja bei allen Nashörnern erst später hervor.

Quiekend und grunzend lief Einhorn im Dschungel umher. Er war auf der Suche nach seiner Mutter. Das furchtbare Geschehen, das der Alten das Leben kostete, hatte Einhorn gar nicht begriffen, und auch seine eigenen Erlebnisse mit den Jägern hatte er bereits wieder vergessen. Nur dumpf erinnerte er sich noch an etwas Entsetzliches, an Blitz und Donner, an eine beizende Witterung. An sich schon schreckhaft, würde er in Zukunft noch unverläßlicher sein als bisher und bei der geringsten Störung flüchten. Wo war nur die Mutter? Einhorn hatte mit dem sicheren Instinkt des Wildtieres wieder sein vertrautes Revier erreicht, in dem er jeden Wechsel kannte. Aber er fand die Alte nicht in der Suhle und nicht in den traulichen Buschverstecken, die grünüberwölbten Höhlen oder Hütten ähnelten. Überall roch es nach ihr, und ein paarmal quiekte er laut vor Freude, wenn er ihre mächtige Gestalt zu sehen glaubte. Seine Kurzsichtigkeit spielte ihm immer wieder einen Streich.

Tief im Dschungel stieß er zuletzt auf das, was von seiner Mutter noch übrig war, ein riesiges Gerippe, von zähen Hautfetzen umhangen, einen mächtigen, bereits halb im Gebüsch versunkenen Schädel, dem das wertvolle Horn fehlte. Die Geier, Schakale, Hyänen, all die großen und kleinen Totengräber des Busches, hatten hier ein Festmahl gefeiert. Gleichgültig wandte sich Einhorn von dem sonnengedörrten, abgenagten Skelett ab und suchte weiter.

Er gab sich ganz seinem Schmerz hin. Die Verlassenheit quälte ihn, so daß er immerzu wimmern und quieken mußte. Einmal stieß er auf einen Lippenbären, der gerade dabei war, einen morschen Stamm aufzureißen. Einhorn war so froh, ein lebendes Wesen zu sehen! Er prustete und trottete zutraulich näher. Aber der Bär richtete sich halb auf und äugte mißtrauisch von dem Stamm auf ihn herab. Er brummte drohend. Das hier waren seine Maden. Aber gewohnt, die Alte bei dem Bullenkalb zu sehen, zog er es doch vor, sich zurückzuziehen.

Einhorn folgte ihm. Er wollte nicht mehr allein sein. Der Bär blies ärgerlich und lief noch schneller, aber das Nashorn ließ sich nicht abschütteln. Mit gesenktem Kopf drang er durch das dichteste Gebüsch und kümmerte sich nicht um die zähen Ranken und die Dornenhaken. Schließlich wurde es dem Bären zu dumm, und er erkletterte einen schräg liegenden Stamm. Dort hinauf konnte ihm Einhorn nicht folgen. Verdutzt, traurig stapfte er rings um den Baum und bettelte den Bären an.

Im Schilf stieß das junge Nashorn schließlich auf eine

Hirschkuh. Ein großäugiges, hellgeflecktes Kalb lag an ihrer Seite. Die Kuh beruhigte sich rasch. Sie wußte, daß ihr die Nashörner, die sie oft in der Suhle und auf dem Wechsel getroffen hatte, nichts zuleide taten. Meist kümmerten sie sich gar nicht um andere Tiere, sie verlangten nur, daß ihnen alles auswich. Die Hirschkuh hatte sich wieder niedergelegt. Jetzt trollte Einhorn ganz nahe heran und beschnupperte sie und das Kalb. Wieder wollte die Kuh unruhig werden, aber mit einem Plumps ließ sich Einhorn neben ihr niederfallen. Er prustete zufrieden. Endlich hatte er Gesellschaft gefunden, die zu ihm paßte. Eigensinnig, wie er nun einmal war, ließ er sich nicht mehr abschütteln. Als die Kuh zum Äsen ging, trottete er nebenher, sah neugierig zu, wie sich das Kalb seine Milch holte, und begann dann selbst die Büsche abzuweiden.

Auch in die Suhle folgte er der Hirschkuh und legte sich neben ihr in den warmen Schlamm. Das Kälbchen war auf dem Trockenen geblieben. Mit seinem buntscheckigen Fell verschwand es im Stengelgewirr. Von Zeit zu Zeit richtete sich die Kuh auf und sah nach ihm hin. Sie blieb viel zu kurz in der Suhle, was Einhorn nicht behagte. Aber um nicht wieder allein zu sein, folgte er den beiden, wenn er auch seinem Mißbehagen deutlich genug Ausdruck gab.

Nach ein paar Tagen hatten sich die drei schon gut

zusammengewöhnt. Die Hirschkuh wendete den schönen Kopf und mahnte, wenn Einhorn zu weit zurückblieb. Einhorn wiederum quiekte ungeduldig, wenn ihm das Tier mit dem Kalb nicht schnell genug auf dem Wechsel folgte, den er ausbrach und zurechtstampfte. Beide Teile konnten mit der Freundschaft zufrieden sein. Die Wildhunde, Schakale und Hyänen schlichen mit eingezogenen Schwänzen vorbei, wenn sie Nashornwitterung in die Nase bekamen. Selbst der Leopard duckte sich und zog es vor, unter seinem Lauerbusch liegen zu bleiben, wenn neben der Hirschkuh, auf die er lauerte, der Rücken des Jungbullen auftauchte. Flüchtete aber wirklich die Kuh mit ihrem Kalb einmal, erschreckt durch das Fauchen eines Räubers, so trollte Einhorn hartnäckig hinter ihr her. Er konnte, wenn es sein mußte, ebenso ausdauernd traben wie ein Schamburhirsch.

Die Gibbons, die Dschungelhühner und Fasanen aber wurden manchmal Zeuge eines Dschungelidylls. Da lag die Hirschkuh im Schatten und scheuchte mit klappernden Lauschern die zudringlichen Mücken. Um sie herum aber jagten sich Einhorn und das Kalb. Der ungefüge Jungbulle, der das Kleine mit einem einzigen Tritt seiner klobigen Füße hätte niedertreten können, zeigte sich als ein täppischer, aber durchaus nicht gar zu grober Spielgefährte. Wohl stieß er das

Kälbchen manchmal nieder, schubste es beiseite. Aber er tat es ohne böse Absicht, einfach nur deshalb, weil er seinen massigen Körper nicht so schnell herumwerfen und abbremsen konnte. Das Kalb war jedoch nun schon so flink auf den Läufen, daß es mit Einhorn recht gut fertig wurde. Flink schlüpfte es zur Seite, wenn er angestapft kam, im Sprung setzte es über sein gesenktes Horn hinweg, ehe er damit spielerisch zustoßen konnte. Lag aber Einhorn, den das Umherlaufen bald müde machte, schnaubend auf der Seite, so schnellte das Hirschkälbchen auf seinen gepanzerten Leib hinauf. Es ließ sich von seinen Atemzügen wiegen und trippelte von einer Panzerplatte zur andern, zupfte ihn neckisch an den haarigen Gehören und tat sich zuletzt sogar zum Schlaf auf ihm nieder.

So gehorsam wie das Kalb fügte sich der Jungbulle der Führung der Hirschkuh. Die Mutter hatte er vergessen, und das Gefühl der Einsamkeit, das ihm so schrecklich gewesen war, kehrte nicht wieder.

Dawi sah den Jungbullen einige Male mit seinen Gefährten. Er versuchte, sich geduldig wieder mit Einhorn anzufreunden, aber die Hirschkuh, die manche böse Erfahrung mit den Dschungelmenschen gemacht hatte, duldete seine Annäherung nicht. Auch der Bulle blieb schreckhaft. Genauso rochen die Menschen, die ihn niederwarfen, fesselten und hinter sich herzogen.

Er wollte nichts mehr mit ihnen zu tun haben. Trotzdem gelang es Dawi nach und nach, der vierte im Bunde zu werden. Er durfte bis auf Pfeilschußweite herankommen und zusehen, wie die beiden Jungtiere miteinander spielten.

Der Häuptlingssohn weilte häufiger als zuvor im Dorf. Wohl waren die Elefantenjäger wieder abgezogen, aber die Alten blieben mißtrauisch. Sie fanden sich oft am abendlichen Feuer zusammen zu einer murmelnden Beratung. Sie alle waren schon mit der großen Welt jenseits des Dschungels zusammengestoßen und hatten böse Erfahrungen mit ihr gemacht. Daß diese Elefantenjäger zur schlimmsten Sorte derer gehörten, die sie je getroffen hatten, war ihnen allen klar. Böse Geschichten wurden am Feuer erzählt. Von Räuberbanden war dabei die Rede, die friedliche Dörfer überfielen, die Männer erschlugen oder aufhingen und Frauen und Kinder fortschleppten. Wo immer sie auftauchten, da kam es zu Streit und Zank. Sie verbreiteten einen Dunst von Mord und Blut, wie die Tiger.

Dawi, der schweigend solchen Erzählungen lauschte, wurde die Sorge nicht mehr los. Vielleicht kamen sie wieder, die Unruhestifer, die Habgierigen, die Vernichter. Sein Traum in der Tempelgrotte fiel ihm ein. Wie sollte er seinen Stamm und die Tiere vor dem Bösen retten? Er besprach sich zuweilen mit Jagash über die Gefahr, und der Häuptling merkte mit Genugtuung, daß sein Dawi sich nicht nur um die Tiere kümmerte.

„Ist nicht der Dschungel von Owati ein Ort des Friedens gewesen, ehe die Fremdlinge kamen? Hast du nicht selbst gehört, wie sie davon sprachen, wiederzukehren, um die Elefanten zu fangen?"

Jagash nickte. „Sie haben keine Achtung vor den uralten Gesetzen der Wildnis, vor dem Frieden, der zwischen uns und die Langrüssel gesetzt wurde. Sie wollen die Riesen der Wälder fangen, Ketten um ihre Beine schlingen und Sklaven aus ihnen machen. Ich sah es selbst in ihren Dörfern, wie die Elefanten für sie die gefällten Stämme wälzten, gewaltige Lasten schleppten und auf ihren Rücken ihre Bezwinger trugen."

„Hai, der Elefant ist stark, stärker als jedes andere Geschöpf! Wie kann er, der schon mit der Klugheit und Weisheit des Alters geboren wird, zum Sklaven dieser Kleinen werden?" empörte sich Dawi.

„Und doch ist es so", versetzte Jagash. „Die Elefanten lassen sich leiten und lenken mit einem Hakenstab, mit Worten und Fußtritten der Mahouts, die sie auf ihrem Nacken tragen. Sie besitzen einen großen Zauber, mit dem sie die Riesen knechten."

Und abermals versank Dawi in düsteres Brüten. Wie sollte er diesen mächtigen Fremdlingen widerstehen, er, ein schwacher Mensch, wenn die Elefanten, die gewaltigen Herren des Dschungels, ihren Listen nicht gewachsen waren?

Es gab nur einen Ausweg: Flucht, schleunige Flucht. Vielleicht hatten die Elefanten das nahende Unheil gespürt und waren davor geflüchtet, um nie wiederzukehren. Dawi kannte die Bergwälder wie kein anderer der Dschungelmenschen. Es gab noch tiefer in den Bergen Gegenden, die nie eines Menschen Fuß betreten hatte. Dorthin wollte er die Menschen und die Tiere führen, in ein Land des Friedens!

Aber wie sollte Dawi ein solches Werk vollbringen? Gewaltig war der Dschungel, voller riesiger, jahrhundertealter Bäume. Gewaltig waren die Tiere, die ihn durchzogen. Immer wieder kam sich Dawi schwach und klein vor, wenn er, einsam wie gewöhnlich, umherstreifte. Er fand keinen Rat, und als er sich mit seinem Vater darüber besprach, zuckte der die Schultern. „Du willst die Tiere retten? Das vermag kein Mensch! Aber höre auf meine Worte. Immer habe ich über deine Dschungelwanderungen gemurrt, heute sende ich dich aus. Suche nach einer neuen Heimat für den Stamm der Ogus! Führe uns dorthin, ehe die Elefantenjäger wiederkommen! Dies ist eine würdige Aufgabe für einen zukünftigen Häuptling!"

Ungeduldig wartete Dawi auf das Ende der Regenzeit. Wie alljährlich, so war auch diesmal Krummzahn, der Elefantenbulle, mit seiner Herde wiedergekehrt, um in dem Dschungel von Owati umherzuwandern und zu äsen. Hier fühlten sich die Riesen wohl. Wild und dunkel umgab der schweigsame, undurchdringliche Dschungel den Tempel der vergessenen Göttin.

Dawi beschloß, den grauen Riesen auf ihrer Wanderung zu folgen. Sie sollten ihm die Wälder zeigen, in denen die Ogus eine neue Heimat finden sollten. Geführt von einer alten, zahnlosen Kuh trottete die Herde dahin. Sie schien die Führerin zu sein, und doch wußte Dawi, daß sie nur dem Willen des krummzahnigen Bullen gehorchte. Er war es, der in Wirklichkeit den Pfad bestimmte, die Seinen beschützte. Mit sicherndem Rüssel tastete die Leitkuh von Zeit zu Zeit die Luft ab. Fing sie eine Tigerwitterung auf, wurde sie unsicher, so rief sie die Bullen. Sie schwenkte den Rüssel und murrte, brummte. Die Kühe hinter ihr blieben zurück und schoben die Kälber unter sich. Krummzahn aber, der sich eben noch mit einem Büschel abgerissener Zweige die Flanken peitschte, warf sein Spielzeug beiseite. Er richtete sich auf, turmhoch stand er auf seinen gewaltigen Säulen, und jetzt stapfte er heran, rief mit dumpfem Rumpeln die andern Bullen an seine Seite. Galt es einer Gefahr entgegenzutreten, so war ihr Platz an der Spitze der Herde. Sie griffen den

Feind an, stampften ihn in den Grund und brachten den Kühen und Kälbern freie Bahn.

Doch nie kam es zu einem Zusammenstoß. Tiger und Leopard wichen scheu aus, wenn die Dschungelriesen gezogen kamen. Kein Tier der Wildnis suchte den Kampf mit ihnen.

Es war selbst für einen Waldläufer wie Dawi nicht leicht, einer Elefantenherde zu folgen. Die Dickhäuter marschierten mitten durch die Sümpfe, die ihnen den Weg sperrten. Sie überquerten tiefe, reißende Flüsse. Dawi mußte die Niederungen oft in beschwerlichem Marsch umgehen oder von Baum zu Baum kletternd überqueren. Oft fand er keine Furt und war genötigt, die Flüsse zu durchschwimmen, wobei er zuweilen weit hinabgetrieben wurde. Aber immer wieder fand er die Herde, und jetzt wußte er auch, daß sie ihr Ziel erreicht hatte, ein weites, von Bergen umgebenes Waldgebiet, wild, fremdartig und finster.

Das Schweigen der düsteren Wälder machte sogar auf Dawi Eindruck. Scheu und wachsam glitt er dahin. Vernahm er einen Laut, den er nicht zu deuten wußte, so saß er oft lange Zeit in einer Baumkrone. Doch allmählich wurde er sicherer. Er durchstreifte die Täler und Schluchten und fand gar bald Lichtungen, sumpfige Senken, die denen von Owati glichen, und er vernahm das vertraute Locken der Hühner, das Gackern der Fasanen und das Gurren der Wildtauben. Papageien, Nashornvögel; die blinkenden, Edelsteinen vergleichbaren Honigsauger begegneten ihm, Gibbons und Felsenaffen traf er an, die ihn neugierig und furchtlos beäugten.

Des Jahres seltsamste Zeit war gekommen. Feuriger als sonst blühten die Orchideen in den Wäldern. Düfte von unsagbarem Wohlgeruch trug der laue Abendwind. Die Berge wurden zu Säulen, die des Nachthimmels mattblaue, goldbesternte Wölbung trugen. Und wieder, wie so manchesmal zuvor, befiel Dawi eine träumerische Stimmung, eine schwermütige Traurigkeit. Er sehnte sich nach einem Freund, einem Menschen, dem er all das sagen durfte, was er bislang schweigend mit sich herumtrug. Hatte er es nicht schon versucht, in solchen Nächten Vijay und Dajinka von seinen Träumen in der Tempelgrotte zu erzählen? Sie lachten nur darüber und neckten ihn damit.

Dawi mußte sich immer wieder selbst an seine übernommene Aufgabe erinnern, um nicht ganz dem Zauber dieser seltsamen Nächte zu verfallen.

Er fand eine vom Wirbelsturm gebrochene Lichtung. Hier sollte das Dorf der Ogus erstehen. Den kleinen Hügel inmitten der Rundung würde das Häuptlingshaus krönen. Von dort aus bot sich ein weiter Blick über den Dschungel, bis hinauf zu den Bergen, die das neue Stammesgebiet begrenzten. Amorai, Tal des Friedens, so wollte er es nennen, und Friede sollte hier herrschen zwischen Mensch und Tier, Friede, nichts als Friede.

Doch eines Tages, als Dawi am Ufer eines klaren Flusses entlangging, auf dessen steinigem Grund flinke Fische huschten, schrak er zusammen. Vor ihm stand ein Tritt im weichen Grund, der Abdruck eines Knaben, nein, eines Mädchenfußes. Leicht, wohl nur mittelgroß war diejenige gewesen, die vor wenigen Augenblicken hier am Fluß ihren Krug mit Wasser füllte. Hatte das Tal der Elefanten bereits andere Bewohner? War Dawi in fremdes Stammesgebiet eingedrungen und wurde wohl gar als Feind betrachtet?

Unwillkürlich griff er nach einem Stein, um nicht ganz wehrlos zu sein. Geduckt schlich er hinter den leichten Tritten her.

Unter den hohen Bäumen stieß er auf die Wasserträgerin. Er hatte sich nicht getäuscht, es war ein junges, schlankes Mädchen. Ein bastgewobenes, mit wildem Indigo gefärbtes Gewand trug die Fremde, und in ihr schwarzes Haar hatte sie nach Mädchenart eine blutrote Orchidee gesteckt. Sie summte ein Liedchen vor sich hin, blieb an einem Blütenbusch stehen, um den Schmetterlingen und Honigsaugern zuzusehen. Sie lachte, und Dawi schien es, als habe er nie ein klingen-

deres Mädchenlachen gehört. Hatte er bislang überhaupt darauf geachtet?

Was sollte er tun? Noch einmal sah er sich um, dann lächelte er selbstbewußt. Wenn ihn die Männer des Dorfes, zu dem das braune Mädchen gehörte, verfolgen wollten, so mußten sie gut laufen. Keiner nahm es mit ihm an Schnelligkeit auf!

Dawi trat hinter dem Stamm, der ihn barg, hervor

und schwenkte ein Palmblatt zum Gruß. Das Mädchen zuckte zusammen und stieß einen leisen Schrei aus. Der Topf, den es mit anmutiger Haltung auf dem Kopf trug, schwankte bedenklich. Aber schon stand er bei ihr und nahm ihr die Last ab. Er stellte den Krug zu Boden und lachte.

„Deine Augen suchen nach einem Fluchtpfad. Fliehe nicht, denn in meiner Seele ist nichts Böses", sagte Dawi, und er merkte, daß er verstanden wurde. „Dein Dorf ist nicht fern", fuhr er fort, als das Mädchen noch immer schwieg. „Ich komme von weither, den Spuren der Elefanten folgte ich, so fand ich deine Heimat."

Das Mädchen schlug zum erstenmal die Augen voll auf. Es war nicht mehr ängstlich und ließ sich von Dawi zu dem nächsten Baum führen, wo sich beide niedersetzten.

„Ich habe dich noch nie gesehen", flüsterte sie. „Seitdem ich ein Kind war und mit den Meinen in diese Wälder floh, kam kein Fremder zu uns." Ihre Stimme klang wohllautend, aber manche ihrer Worte konnte Dawi nur erraten.

„Ich bin ein Ogu, mein Stamm wohnt weit von hier an einem reißenden Fluß, Owati ist meine Heimat."

„Unsere Hütte liegt dort!" Sie wies mit gestrecktem Arm waldein. „Chao heißt mein Vater, Anga meine Mutter, und Anga ist auch mein Name. Ich habe noch zwei kleine Bürder. Wir sind ganz allein hier, niemand darf etwas davon wissen." Sie bebte, fiel ihr doch ein, daß sie dem ersten Menschen, dem sie begegnete, all das verriet, was doch ihr Geheimnis bleiben sollte. Jetzt würde der Fremdling hingehen und die Männer rufen, vor denen Chao, ihr Vater, einst geflohen war.

Dawi erriet ihre Gedanken. Er legte die Hand aufs Herz. „Sei ohne Sorge, kleine Anga. Als ich hierherkam, da suchte ich einen Ort, der noch verborgener lag als Owati. Böse Männer sind in mein Dorf gekommen und haben Unfrieden über uns gebracht. Vor ihnen möchte ich fliehen, vor ihnen die Tiere retten, die sie mit Blitz und Donner töten."

„Du bist gut", sagte die kleine Anga plötzlich und legte ihren Arm, als ob sich das von selbst verstünde, um Dawis Nacken. Er schauerte unter ihrer Berührung und fühlte, wie ihn wiederum die merkwürdige Traurigkeit befiel. Er versank in ihr wie in einem tiefen, grundlosen Gewässer, und zugleich vernahm er wieder den Sternengesang seiner Träume. „Ich bin so froh, daß du zu mir gekommen bist", flüsterte das Dschungelmädchen. „Als ich dich zuerst sah, war mir so bang, als wäre mir der Tiger begegnet. Chao, mein Vater, sagt, daß alle Menschen außerhalb der großen Wälder böse sind. Du aber bist gut, ich sehe es an deinen Augen, sie sind klar." Und wiederum fühlte sich Dawi wie von einem Zaubertrank berauscht, er konnte den Blick dieser dunklen Augen nicht aushalten und ließ die Lider sinken.

Anga fuhr mit tastendem Finger über die Narben an seinen Armen. „Hast du viele Kämpfe mit wilden Tieren gehabt?" fragte sie. Dawi reckte sich. War es nicht schön, daß er sich vor Anga mit seinen Abenteuern brüsten konnte? Er erzählte von der Zeit, die er unter den Felsenaffen verbracht hatte, von seinem Kampf mit dem Tiger.

Anga erschauerte und schmiegte sich enger an ihn. „Ich zittere oft vor Angst", flüsterte sie, „wenn des Nachts Leoparden und Tiger heulen und winseln, wenn die wilden Hunde wimmern und die Hyänen lachen."

„Du brauchst all diese Tiere nicht zu fürchten, wenn ich bei dir bin", tröstete sie Dawi und fühlte seine Männlichkeit wie nie zuvor. „Auch die Büffel und Elefanten sollen dir nichts tun", setzte er hinzu.

Anga lächelte. „Die Elefanten kommen zuweilen zu unserer Hütte. Einer von ihnen, er trägt große, geschwungene Zähne, läßt sich von mir Früchte reichen, zart nimmt er sie aus meinen Händen."

Dawi tat ein wenig verächtlich. „Schwieriger ist es, mit dem wilden Gaur oder gar mit dem Nashorn Freundschaft zu schließen."

Aber der Abenteurer und Freund der Tiere fühlte nun doch ein wenig Beklemmung, als er Anga zu der Hütte ihres Vaters folgte. Wie würde ihn der Flüchtling, den irgendein schweres Schicksal in die Wälder getrieben hatte, aufnehmen?

Gewiß, Chao war zuerst voller Mißtrauen, aber bald fühlte auch er sich zu dem Fremdling hingezogen. Es war so lange her, daß er mit einem Mann gesprochen hatte, und er war froh, Dawi in seiner Hütte begrüßen zu dürfen. Wohl war Dawi noch ein halber Knabe, doch an Walderfahrung konnte er es mit jedem Alten aufnehmen.

Während die Kinder, Anga und ihre Mutter schon lange schliefen, saßen Dawi und Chao noch immer an einem niedergebrannten Feuer vor der Hütte. Um sie zogen die Leuchtkäfer ihre Bahnen, Fledermäuse, fliegende Hunde umgaukelten sie, und rings in den Wäldern heulten, winselten, jaulten die Tiere. Sie aber sprachen und sprachen, und zuletzt wagte es Dawi sogar, dem Flüchtling seinen heimlichen Plan zu unterbreiten. Mit seinem ganzen Stamm wollte er hierherziehen, und Wälder des Friedens sollte das Land werden, das Chao sein Eigen nannte.

Ein Stamm von Waldmenschen? Chao nickte. Längst war er seiner Einsamkeit überdrüssig geworden. Böse Erinnerungen allein hatten ihn hier festgehalten. Jetzt sollte er wieder ein Mann unter Männern werden. Während Dawi erzählte, schloß er in Gedanken bereits Freundschaft mit Jagash, mit Rao und Langur, sogar der hämische Noi dünkte ihm eine bessere Gesellschaft als der zahme Büffel und der Schamburhirsch in den Gehegen hinter der Hütte.

Am glücklichsten war Anga über das Neue, das in ihr Leben getreten war. Sie streifte mit Dawi im Dschungel umher und war froh, daß auch sie, das unwissende kleine Dschungelmädchen, ihm, dem Weitgereisten, manches Merkwürdige zeigen konnte. Gab es etwas Wunderbareres als die große Höhle im Bauch der Berge? Ihr Vater Chao sagte, daß er nie Schöneres gesehen hatte als dieses Haus der Götter und Geister, das von Schlangen bewacht wurde. Es waren riesige, buntgefleckte Tiere, die aber keinem Menschen etwas zuleide taten.

Anga flüsterte nur noch, als sie das Dämmerdunkel der Höhle empfing, die durch tief in die Felsen reichende Spalten zauberisches blaues Licht erhielt. Auch Dawi, der sich vorgenommen hatte, sich durch nichts in Erstaunen versetzen zu lassen, verlor seine selbstbewußte Männlichkeit und wurde zum staunenden Knaben. Wahrhaftig, so etwas hatte er noch nicht gesehen, und er war doch schon in die Tiefe eines unterirdischen Tempels eingedrungen! Wohl gab es hier keine Dämonen und Götterfiguren, dafür aber um so großartigere Felssäulen, Hallen und Gänge, in denen ein halblautes Wort wie Wispern und Raunen an den Wänden entlanglief, um sich mehr und mehr zu verstärken und zuletzt wie ferner, grollender Donner zu verklingen. Das Seltsamste aber war das unwirkliche, zauberische Licht, das die Höhle durchflutete. Da gab es Seen, deren Wasser zu flüssigem Feuer wurde, wenn Anga einen Stein hineinwarf. Eine blaue Flamme sprühte empor, während der Hall des Wurfes die Höhle erdröhnen ließ.

Als Dawi nach Tagen Chao und die Seinen verließ, zog er den kunstvoll geschmiedeten Kupferring, den er um den linken Arm trug, ab und reichte ihn Anga. „Du sollst ihn tragen und immer an mich denken", sagte er und schlug dabei die Augen nicht mehr nieder. Tief versenkte er seinen Blick in das Urwalddunkel, das in den Augen des Mädchens träumte. Eine lange Zeit würde vergehen, bis er mit den Seinen wiederkehrte.

Noch lagen große Aufgaben vor Dawi. Es galt, einen Weg zu suchen, den auch Frauen und Kinder gehen konnten. Zudem mußte die Reife des ausgesäten Reises abgewartet werden, denn ohne Vorräte durfte sich ein ganzer Stamm nicht auf die Reise wagen. Während Dawi durch den Dschungel wanderte, grübelte er auch darüber nach, wie er die Männer des Stammes, die Alten, denen Owati der schönste Ort der Welt dünkte, für seinen Plan gewinnen konnte.

Ein Mann keucht im Dunkel

Dawi machte weite Umwege und prägte sich die Furten und die besten Übergänge über die Sümpfe ein. Zuletzt schlug er noch einen gewaltigen Bogen. Er wollte den Stamm erst in eine ganz andere Richtung führen, so daß ein Verfolger irre wurde. Erst bei den großen Sümpfen gedachte er nordwärts abzubiegen, denn dort konnten alle Spuren verwischt werden.

Auch galt es, die rechte Zeit zu treffen, damit aufschießendes Gestrüpp und Gras den ausgehauenen Pfad rasch wieder überwucherte.

Dawi zweifelte keinen Augenblick daran, daß auch die Tiere ihm folgen würden und so allen Nachstellungen entgingen. Vielleicht kehrten die Elefantenjäger gar nicht wieder? Trotzdem dünkte ihm das entdeckte Neuland viel schöner als der Dschungel von Owati. Und wartete nicht Anga auf ihn?

Dawi war noch nie so weit südwärts vorgestoßen. Fremd waren ihm Wald und Fluß. Zudem beschlich ihn seit einiger Zeit ein warnendes Gefühl, dem er stets vertraute. Irgendeine Gefahr lauerte im Düster. Auch die Tiere zeigten eine seltsame Unruhe, flüchteten bei seinem Anblick mit lauten Warnrufen. Dawi ahnte, daß er in das Jagdgebiet eines Nachbarstammes geraten war. Er sollte nur allzubald die Bestätigung erhalten.

Es war eine Vollmondnacht. Das Licht flutete in breiten Strahlen über den Dschungel hin, floß wie flüssiges Silber durch die Lücken der Baumkronen und drang bis hinab auf den Waldgrund, wo es seltsame, wirre Zeichen malte, die sich zitternd verschoben. Strahlenfinger tasteten durch das Dunkel, erloschen, um an anderer Stelle erneut herabzugleiten. Eine Nacht, in der das Auge keinen Schlaf findet!

Hatte Dawi zuviel von dem Palmsaft getrunken, der aus einer Rindenwunde floß, die er mit dem Messer schnitt? Fast schien es so, denn er erhob sich aus dem Schlafnest, das er in einer Astgabel gebaut hatte, und kletterte weit hinaus durch den nächtlichen Wald. Die Wölbungen der Bäume wurden für ihn zur Decke einer Felsenhöhle. Das Mondlicht füllte sie mit wundersamer Helle.

Aber plötzlich stand Dawi wie erstarrt. Er hatte einen seltsamen Laut vernommen, der nicht hierhergehörte. Wie das Stöhnen einer menschlichen Stimme hörte es sich an.

Da wieder! Dawis scharfe Ohren hatten sich nicht

getäuscht. Er lief auf den Ästen, die er kaum sehen konnte, so sicher dahin wie am hellen Tage. Weit schwang er sich an Lianenranken über eine Lichtung. Nun hatte er die Stelle erreicht, von der das Stöhnen kam. Er spähte mit nachtgewohnten Augen hinab. An einem Stamm erkannte er eine Bewegung, und wieder vernahm er ein Stöhnen in furchtbarer Qual. Da schwang er sich hinaus und erreichte den Boden in seinem Sprung von wohl sechs Manneslängen. Er riß sich den Arm blutig und merkte es nicht. Zwei, drei Schritte. Dawi stand vor einem Mann, dessen nackter Körper von Stricken umwunden war, die so fest angezogen waren, daß er sich nicht zu rühren vermochte. Der Kopf war vornübergesunken, eine Wolke von blutgierigen Mücken umsummte ihn.

Dawi zuckte zusammen. Er hatte ein Knacken im Gebüsch vernommen. Nun sah er auch schon grüne Raubtierseher blinken, er roch einen Tiger. Trotzdem zögerte er nicht. Mit schnellen Schnitten zertrennte er die Stricke und ließ den Bewußtlosen zu Boden gleiten.

Noch immer war der Tiger in der Nähe. Dawi griff nach einer Liane, bereit, sich im Augenblick der Gefahr hinaufzuschwingen. Vielleicht gelang es ihm, durch Würfe den Tiger zu verjagen.

Doch alles blieb still, und jetzt war auch die beizende Witterung verschwunden. Dawi bückte sich, hob den Mann auf und trug ihn waldein. Am Ufer eines Flusses legte er ihn nieder und kühlte den übel zugerichteten Körper mit Wasser.

Als der Morgen graute, hatte sich der Mann schon wieder etwas erholt. Er lächelte seinem Retter zu und versuchte, sich auf die Ellbogen zu erheben.

Pasang nannte er sich. Er stammte aus einem der Bergdörfer. Wie er hierherkam, wollte Dawi wissen. Er schauderte, als er vernahm, daß es sich um ein der Wildnis abgefordertes Urteil handelte.

„Sie haben mich und meinen Bruder draußen im Dschungel festgebunden. Der Tiger sollte den Schuldigen finden und ihn bestrafen! Vielleicht hat er meinen Bruder, der weit weg von hier, jenseits unseres Dorfes, gefesselt im Dschungel zurückgelassen wurde, schon zerrissen!" Wieder packte den Gequälten das Fieber. Er stieß einen Schrei aus und wollte aufspringen. Dawi hatte Mühe, ihn niederzuhalten.

Pasang wurde wieder ruhig. Er bettelte um Wasser, packte Dawi mit kraftlosen Händen am Arm und flüsterte: „Ahnst du, wie es ist, wenn man gebunden im nächtlichen Dschungel steht und auf die Tritte des Tigers und auf sein Hungerwinseln lauscht? Ich bin schon oft dem Tod begegnet, ich stand vor dem wütenden Elefanten, ich trotzte dem wilden Gaur, nie schien mir das Ende so furchtbar wie in dieser Nacht." Pasang bäumte sich auf und klammerte sich an Dawi fest. Seine Augen rollten irr. „Rette mich, rette mich! Sie werden kommen, um sich nach dem Urteilspruch der Wildnis umzusehen! Sie finden die zerschnittenen Stricke und sie fangen mich, binden mich aufs Neue!"

„Ich will dich in mein Dorf bringen, dort bist du sicher", versetzte Dawi. Doch der Fiebernde schüttelte den Kopf. „Nicht in ein Dorf, die Weiber schwatzen, und sogar der Dschungel hat Ohren. Sie werden mich verfolgen, hetzen. Trag mich in die Wälder, verbirg mich vor ihnen! Ich will mein Leben lang dein Sklave sein, ich will Reichtum in deine Hütte bringen!"

Dawi überlegte. Ja, so mußte es gehen. Er wollte den Erschöpften zu den Tempelruinen bringen. Sie waren tabu, dort konnte er sich verbergen.

Auf einem rasch zusammengebundenen Floß fuhr er mit Pasang flußab, ließ das Fahrzeug in einen stillen Seitenarm treiben, der mit einem ausgedehnten Sumpf in Verbindung stand. Es war eine mühselige Fahrt. Häufig mußte Dawi mit dem Messer Bahn hauen, starrende Äste beseitigen, das Floß durch Schlamm und Schilf schieben.

Pasang schlief meist. Er sprach im Fieber, kämpfte mit seinen Häschern. Manchmal lauschte Dawi auf seine wirren Reden. Aber es gelang ihm nicht, ihren Sinn zu deuten. Pasang sprach von Edelsteinen, von einem

Mord im Urwalddunkel, von vergrabenen Schätzen, und immer wieder schrie er auf und starrte wild um sich. „Der Tiger, der Tiger!" keuchte er dann und wollte fliehen.

Die Nacht verbrachte Dawi mit dem Kranken im Schilf des Sumpfes. Zwei Tage später erreichte er eine Stelle, von der aus er Pasang auf Nashornwechseln in den Dschungel trug. Und jetzt lag der Fiebernde auf einem rasch zusammengescharrten Lager, in einer flüchtig erbauten Hütte.

„Hier bist du sicher. Kein Mensch betritt die Ruinen, sie sind für jedermann tabu. Schlangen sind ihre Wächter. Aber dir werden sie nicht gefährlich, denn du stehst unter meinem Schutz. Ich aber bin ihr Freund!"

Er wollte noch hinzufügen, daß die Ruinen das Bild der Göttin beherbergten, aber er schwieg. Er wußte selbst nicht warum, doch seitdem sich Pasang erholte, wurde er in seiner Nähe ein leise bohrendes Mißtrauen nicht mehr los. Hätte er Jagash oder einen der alten des Dorfes zu dem Lager des Kranken geführt, so hätten sie in ihm zweifellos einen der Elefantenjäger erkannt, einen, der sich damals Kuchru nannte und der Vertraute Sang-Nus war.

Warum hatte sich der Gerettete Pasang genannt? Für Männer seines Schlages war es immer gut, die Fährten zu verwischen; ein neuer Name half dabei . . .

Viele Stunden lag der Mann in der niedrigen Hütte. Die Tränke aus allerlei Pflanzen, die ihm Dawi reichte, vertrieben das Gift, das ihm unzählige Mückenstiche eingeimpft hatten. Er fühlte, wie seine Kräfte wiederkehrten.

Zugleich begann er seinen Retter und die nähere Umgebung zu beobachten. Hai, hai, welch ein glücklicher Zufall! Da war ein Platz, aus mächtigen Quadern gefügt, auf dem sich die Kobras sonnten! Da waren die zerfallenen Tore, die vom Dschungel überwucherten Säulen und Mauern! Pasang grinste.

„So war es doch keine Sage, was die alten Dschungelläufer einander am Lagerfeuer erzählten", murmelte er. „Ich habe den Tempfel der Durga-Kali gefunden, der Göttin mit den Smaragdaugen, den unermeßlichen Schätzen ihrer Diamantkrone! Das ist mehr wert als eine Elefantenherde, die erst noch gefangen werden muß! Ich muß diesen Dschungelläufer täuschen, er darf nicht ahnen, daß ich mehr von seinem Geheimnis weiß als er selbst! Oder sollte dieser Bursche, der so harmlos aussieht, klüger sein, als ich es vermute? Ich kenne ihn, es ist der Narbenfuß, der uns damals so tief in die Wildnis hineinlockte, daß wir fast nicht mehr herausfanden. Nun, wir werden eine alte Rechnung mit ihm begleichen." Pasang ließ sich zurückfallen, denn er hörte seinen Pfleger kommen. Er lag da mit geschlossenen Augen und mühte sich, den tückischen, verschlagenen Kuchru wieder hinter Pasang zu verbergen. Heute fühlte er sich kräftig genug, Dawi endlich zu erzählen, wie er zum Opfer eines Dschungelgerichts geworden war. Er richtete sich auf, lehnte sich mit dem Rücken gegen einen Quader.

„Höre, Dawi, der du ein Häuptlingssohn bist, wie sie in Dannah Recht sprechen, in einem dieser Dschungeldörfer, in denen sie noch leben wie zu Zeiten ihrer Urgroßväter!

Einer von ihnen, der alte Kitar, hatte in einem Bach Steine gefunden, kostbare Steine von der Art, mit denen man die Götterbilder schmückt, und für die weiße Sahibs und schlaue Händler ganze Beutel voll Geld bezahlen."

Er warf einen listigen Blick auf Dawis Gesicht und fragte: „Kennst du solche Edelsteine? Hast du sie schon einmal gesehen, jene Steine, deren Glanz das Licht der Sonne in tausend Farben aufsprühen läßt, die bei Fackellicht gleich Sternen glühen?"

Dawi nickte nur und zeigte keine Lust, die Pause, die Pasang einlegte, mit seinen Worten zu füllen. Pasang runzelte die Stirn, fuhr dann aber ruhig fort: „Solche Steine fand Kitar, aber er war ein einfältiger alter Mann, den die Händler leicht betrügen konnten. Darum erbot ich mich, ihn zusammen mit meinem Bruder

Kikuli sicher in die großen Städte und zurückzubringen. Niemand sollte ihn um seine Schätze bestehlen, und Reichtum sollte er in sein Dorf zurückbringen.

Er war ein alter Mann und fürchtete die Beschwerlichkeit der Reise. Darum bestieg er seinen Ochsen. Den Beutel mit den Steinen trug er auf der Brust, unter seinem Gewand verborgen. Wir aber, Kikuli und ich, griffen nach den Speeren und geleiteten ihn.

Schon am zweiten Tag unserer Reise geschah es. Ein Tiger überfiel uns, als wir auf schmalem Dschungelpfad dahinzogen. Der Ochse wurde bei seinem Anblick scheu und warf den Alten ab. Wir aber, Kikuli und ich, bereiteten uns zum Kampf. Was ist die Kraft zweier Männer gegen die Stärke des Tigers! Zudem war es schon zu spät, unseren Gefährten zu retten, denn der Ochse hatte ihn dem Tiger gerade vor die Pranken geworfen. Ein Schlag, und Kitars Leben erlosch. Sollten wir um seine Gebeine mit dem Tiger kämpfen? Wir wichen zurück, versuchten, ihn mit Geschrei von seinem Opfer wegzutreiben. Vergebens. Er packte den Alten und verschwand mit ihm in den Büschen.

An der Stelle des Unglücks richteten wir eine Stange auf und banden einen Fetzen Tuch daran fest, zum Zeichen für alle, die des Weges kamen. Wir bauten eine niedrige Hütte und verrichteten darin unsere Gebete für den alten Kitar. Konnten wir mehr tun? Was nun?

Kehrten wir nach Dannah zurück, so würden die Alten von uns Rechenschaft fordern. Wir beschlossen, allein unseres Weges zu ziehen. Aber der Ochse war in das Dorf zurückgelaufen. Die jungen Männer brachen auf und fanden das, was der Tiger von Kitar übriggelassen hatte. Sie griffen uns auf und brachten uns zum Dorf zurück.

Wir berichteten von dem Unglück, aber man glaubte uns nicht. Nirgends hätten sie die Spuren eines Tigers gefunden, so erzählten die Häscher. Nicht der Tiger, sondern wir, seine Begleiter, hätten Kitar erschlagen, behaupteten sie, um uns seiner Steine zu bemächtigen. Man fand den Beutel des Alten jedoch nicht unter unserem Gewand.

Lange berieten sich die Alten. Schließlich fällten sie ihren Spruch. Vielleicht, so meinten sie, wäre nur einer von uns des Mordes schuldig. Wir hätten den Tiger als Zeugen aufgerufen, nun, so sollte auch der Tiger das Urteil sprechen und den Schuldigen zerreißen. Er, in dessen Leib die Seele eines Besessenen haust, würde nach dem Ratspruch der Götter, denen nichts verborgen ist, an uns handeln. Man nahm mich und brachte mich in den wildesten Dschungel. Andere Männer des Dorfes schleppten meinen Bruder in Richtung der Berge. Was mag aus ihm geworden sein?

Als du mich fandest, hing ich bereits die zweite

Nacht an dem Baum. Der Tiger hatte mich verschmäht, obschon ich ihn rief, damit er die Leiden eines Unschuldigen ende. Fluch über die Häupter der Dummköpfe von Dannah, Fluch über sie und ihr Götterurteil! Mögen alle tausend Götter Indiens sie dafür bestrafen mit Aussatz und Tod!"

War das, was Pasang erzählt hatte, die Wahrheit? Dawi grübelte und versuchte, sich seiner Fieberreden zu erinnern. Hatte er die Wahrheit gesprochen – oder barg sie sich hinter seinen Worten wie hinter einem undurchdringlichen Gebüsch? Dawi hätte vorsichtiger, mißtrauischer sein müssen; aber die Geschöpfe des Dschungels, mit denen er sein Leben lang so innig verbunden war, lehrten ihn wohl die Furcht, nicht aber die Tücke.

Zudem war ja Pasang immer noch krank. Der verschlagene Elefantenjäger verstand es, zu heucheln. Weilte Dawi bei ihm, so lag er schwach und erschöpft auf dem Lager. Verließ ihn der junge Bursche, um Früchte und Eier, saftige Wurzeln zu sammeln, so erhob er sich und schlich hinter ihm her. Es gab keinen Zweifel, Dawi war der Narbenfuß. Klar und deutlich stand der Abdruck seiner Sohlen im weichen Boden, und Kuchru-Pasang knirschte vor Wut mit den Zähnen. Gar zu gern hätte er das, was er vorhatte, ganz allein ausgeführt. Aber einerseits fürchtete er Dawis stählerne Kraft, die er mehr als einmal gespürt hatte, und noch gefährlicher dünkte ihn der Rückweg durch die pfadlose Wildnis. Dawi selbst sollte ihm den Weg weisen, dann erst würde er zuschlagen.

Noch mehr galt es zu erspähen. Er mußte wissen, wo der Zugang zu den geheimen Tempelgewölben war, von dem die Alten erzählten. Vielleicht, ja sicherlich nützte es gar nichts, die Ruinen zu finden. Wochenlang konnte der Unkundige vergebens nach dem Zugang suchen und zuletzt mit leeren Händen abziehen.

Manchmal kamen Pasang Zweifel, ob Dawi überhaupt eine Ahnung von diesen Heimlichkeiten hatte, nach denen er gierte.

Wie ein Schatten folgte er ihm auf all seinen Gängen und achtete darauf, nirgends seine verräterischen Fußstapfen zurückzulassen.

Eines Tages benahm sich Dawi so merkwürdig. Zweimal kehrte er zu der Hütte, in der Pasang lag, zurück und beugte sich über ihn. Er lauschte auf seine regelmäßigen Atemzüge. Dann entfernte er sich schnell und lautlos. Pasangs Augen glühten. Er erhob sich, verfluchte die Schwäche, die ihm noch in den Gliedern lag. Heute durfte ihm Dawi nicht entschlüpfen wie so manchesmal zuvor. Er ahnte, daß er seinem Ziel ganz nahe war. Der Dschungelmensch hatte etwas Besonderes vor, das spürte er mit dem Instinkt des geborenen Jägers.

Da, hatte er es sich nicht gedacht? Dawi verschwand in dem Pflanzengewirr, das die Tempelpforte überwucherte. Pasang brauchte all seine Schlauheit, um ihm ungesehen folgen zu können.

Jetzt zuckte ein triumphierendes Lächeln über seine finsteren Züge. Dawi wälzte am Fuß einer Treppe einige Felsplatten beiseite, hinter denen ein dunkles Loch gähnte. Nun rieb er Feuer und schlüpfte hinein. Zögernd folgte ihm Pasang. Er griff nach einem Astknorren, um nicht ganz wehrlos zu sein. Dann verschwand auch er im Dunkel.

Eine ganze Weile blieb es still. Eine Schlange glitt aus dem Grün, züngelte über die Treppe und wandte sich dann ab. Die feuchtkühle Luft, die ihr aus dem Loch entgegenstrich, behagte ihr nicht.

Pasang tauchte wieder in der Öffnung auf. Hastig erstieg er die Stufen und sah sich um. Nein, nirgends konnten seine nackten Sohlen einen Abdruck hinterlassen. Flink wie ein Pandamarder glitt er zurück zum Tempelplatz und lag längst wieder schlafend auf seinem Lager, als Dawi zurückkehrte.

Wollte das Fieber wiederkommen? Eine quälende Unruhe hatte Pasang befallen. Er wollte fort, zurück nach Malong, wo seine Freunde auf ihn warteten. Immerzu lag er Dawi mit seiner Bitte in den Ohren. Nur allzugern erfüllte ihm der Häuptlingssohn den Wunsch, ihn zum Fluß hinabzuführen. Oft genug mußte er den Geschwächten stützen, der mit halbgeschlossenen Augen dahintaumelte. Dawi war ganz beruhigt. Er hatte sich heimlich Vorwürfe gemacht, Pasang zu den Ruinen geführt zu haben. Jetzt lächelte er über seine Befürchtungen. Dieser vom Fieber geschwächte, erschöpfte Waldläufer achtete nicht auf den Pfad, es erübrigte sich, ihn in die Irre zu führen, wie er es sich zuerst vorgenommen hatte.

Am Fluß angekommen, band Dawi einige Stämme zu einem festen Floß zusammen. Wie gerne wäre er jetzt nach Ogu zurückgekehrt! Aber er konnte den noch immer Geschwächten nicht allein fahren lassen. Zudem war er auch neugierig auf Malong, dessen Herrlichkeiten ihm Pasang in beredten Worten schilderte. Dort befand sich ein Fanglager für Elefanten, in dem ständig ein Dutzend und mehr Dickhäuter standen. Vielleicht gelang es Dawi, einiges über die Pläne der Elefantenjäger zu erfahren. Drohte Ogu ein Anschlag, so war es um so leichter, die störrischen Alten zum Zug in die Berge zu überreden. Keinen Augenblick kam Dawi der Gedanke, in welche Gefahr er sich begab, wenn er denen gegenübertrat, die er in die Irre gelockt hatte.

Es ging alles viel leichter, als Pasang es sich gedacht hatte. Sicher geleitete ihn Dawi über die Flußschnellen, und jetzt tauchten bereits die Hüttendächer von Malong aus dem Grün der Uferbüsche.

Das Dorf sah durchaus nicht so großartig aus, wie es Pasang immer geschildert hatte. Ein paar Dutzend niedriger Hütten, kaum anders, als sie die Ogus zu bauen pflegten. Da war auch das Fanglager, nicht viel mehr als ein festes Gehege. Aber kein einziger Elefant stand darin.

Dort sprangen zwei, drei Männer von einem Feuer auf und kamen zusammen mit den neugierigen Dörflern zum Ufer herabgelaufen.

„Kuchru, hai, hai, welcher glückliche Wind treibt dich herbei? Wir glaubten dich längst von einem Nashorn gespießt oder von den wilden Hunden gefressen!"

Kuchru? Wo hatte Dawi diesen Namen schon gehört? Erstaunt musterte er seinen Reisegefährten, der grinsend an das Ufer sprang und hastig seinen Freunden einige Worte zuflüsterte. Spöttisch und neugierig starrten sie Dawi an, der angesichts so vieler Fremder unsicher wurde und sich in seiner Verlegenheit am Floß zu schaffen machte, das ein paar hilfreiche Männer hoch an das Ufer hinaufzogen.

Ehe er den Dörflern auf ihre Fragen antworten

konnte, zogen ihn die Elefantenjäger beiseite. Sie waren alle freundlich zu ihm, aber sie ließen ihn nicht aus den Augen. Dawi kam sich bewacht, gefangen vor und spähte nach einem Ausweg. Hai, er fürchtete die Burschen nicht, trotz ihrer Gewehre. Wenn er fliehen wollte, dann konnte ihn wohl ein Dutzend dieser Gesellen nicht halten.

Er begann zu begreifen, daß ihn Pasang, der eigentlich Kuchru hieß, die ganze Zeit über belogen hatte. Wie gesund und kräftig stand er auf den Beinen, er, der sich noch am Tag zuvor schwer auf ihn stützte, als es galt, das Ufer zu erklettern!

Dawi aß ein wenig von dem Reis, den ihm einer der Männer bot. Das Fleisch wies er angewidert zurück. Seine unruhigen Augen suchten. Jetzt glaubte er, einen waldein führenden Pfad gefunden zu haben. Es galt, den Männern so schnell wie möglich aus den Augen zu kommen, um ihre weittragenden Waffen unwirksam zu machen.

Zum erstenmal trat Dawi der fremden Welt gegenüber, und sie zeigte ihm ihr unfreundlichstes Gesicht, war er doch in die Hände einer Bande gewissenloser Abenteurer gefallen. Noch hatte er kaum einen Blick auf das armselige Dorf mit seinen verwahrlosten Hütten geworfen. Jetzt lauschte er verwirrt und unsicher auf die Reden der Elefantenjäger.

Vieles verstand er nicht, denn unter sich sprachen sie in einer Mundart, die Dawi noch nie gehört hatte. Aber er erriet, daß es um ihn selbst ging.

Warum zögerte er noch immer? Fühlte er nicht, daß sich das Netz, in das er geraten war, immer enger zusammenzog?

Dawi spannte die Muskeln – da geschah es. Sang-Nu stieß einen heiseren Schrei aus. „Faßt ihn, haltet ihn!" schrie er, und Dawi wurde von Kuchru, Karu und Mon zugleich überfallen. Sie packten ihn an den Armen, versuchten ihn zu Boden zu reißen. Kuchru hatte ihm einen wuchtigen Hieb gegen den Kopf versetzt, der ihn halb betäubte.

„Mail, mail, vorwärts, könnt ihr diesen armseligen Waldteufel nicht bändigen? So haltet ihn doch, ihr schmutzigen Schweine, ihr feigen Schakale, ihr stinkenden Hyänen!" Sang-Nus Stimme überschlug sich. Mit „Hai" und „arr" feuerte er die Männer an, versuchte selbst, Dawi an einem Bein zu packen. Aber es war nicht so einfach, ihn zu fangen. Wie eine Schlange glitt er zwischen den Männern durch. Mon, der ihm in den Weg trat, schleuderte er beiseite, Kuchru packte er mit beiden Händen um die Hüften, hob ihn hoch und warf ihn auf Karu. Jetzt duckte er sich, wollte zum Sprung ansetzen, da warf ihm Sang-Nu, kaltblütig den rechten Augenblick abpassend, eine Schlinge um den

Hals und riß ihn brutal hintenüber. Wieder packten ihn die Männer, aber bis ihm die zugezogene Schlinge den Atem raubte, kämpfte er weiter.

Gebunden, am ganzen Körper geschunden und zerschlagen, erwachte er in einer schmutzigen Hütte. Sang-Nu hatte seine Männer nur mit Mühe von weiteren Mißhandlungen des Wehrlosen abhalten können. „Versteht ihr denn noch immer nicht, daß wir diesen Schakal brauchen?" fuhr er sie an und schwang die Peitsche, als sie immer noch nicht hören wollten.

„Hat er uns nicht das Nashorn gestohlen, sind wir nicht wochenlang durch die Wälder geirrt bei seiner Verfolgung?" keuchte Mon.

„Dafür soll er später seinen Lohn erhalten", knirschte Sang-Nu. „Jetzt laß ihn in Ruhe! Für das, was wir vorhaben, braucht das Waldschwein gesunde Glieder. Er soll uns zu dem Tempel führen. Sagte uns nicht Kuchru, daß er trotz all seiner Wachsamkeit nicht sicher ist, ihn wiederzufinden? Und dort wartet auf uns ein Schatz, wie ihn noch keines Menschen Hand berührte! Die Augen der Durga-Kali sollen von faustgroßen Smaragden gebildet sein! Wißt ihr, was das heißt, ihr hirnlosen Affensöhne, he?"

In der Nacht versuchte Dawi, seine Bande zu zerreißen. Aber vergebens straffte er seine eisenharten Muskeln, bog und drehte seine Handgelenke. Sang-Nu und seine Burschen verstanden sich darauf, einen Mann zu fesseln. Außerdem saß einer von ihnen ständig als Wache an der Türe.

Draußen aber war Nacht. Wie ein lauerndes, böses Tier lag sie vor der Hütte und blies Dawi, dem Gefangenen, ihren feuchtschwülen, nach Fäulnis stinkenden Atem ins Gesicht.

Einhorn lauert im Busch

Durch den Dschungel wanderte ein kleiner Trupp von Männern. Voran, von zwei zähen Seilen gehalten Dawi, die Arme auf den Rücken gebunden. Hager war er geworden, scharf traten seine Rippen hervor, und die Narben bildeten auf der gestreiften braunen Haut Beulen und Wülste. Er ging mit gesenktem Kopf, dumpf in sein Schicksal ergeben. Dafür hatten Peitsche und Prügel gesorgt.

Für Sang-Nu und seine Bande war er nur ein Hund, der sie zu führen hatte. Waren sie erst am Ziel, benötigten sie ihn nicht mehr, so sollte er sterben, denn niemand durfte etwas von ihrer Tat erfahren. Die Masse der Hindus hätte sie niedergeschlagen, zerrissen in ihrer Wut. Wehe dem, der eine Göttin beraubte, ein Heiligtum schändete!

Pah, was lag Sang-Nu an dieser abergläubischen Menge! Er und die Seinen glaubten an Zauberei, an Geisterbosheit, aber sie lachten über die Götterbilder, denen das Volk Opfer zutrug. Uralt war die Tempelstätte, zu der sie Dawi führte. Längst war die Macht der Götzen, die darin angebetet wurden, mit denen, die sie schufen, dahingegangen!

So redeten sie untereinander, um sich gegenseitig Mut zu dem Frevel zu machen. Und doch bebte auch der Kühnste unter ihnen, Sang-Nu, der Anführer, manchmal in abergläubischer Furcht vor dem Wagnis. Wäre die Beute nicht so groß, so unermeßlich, würde auch er schwach werden!

„Mail, mail, vorwärts", trieb Kuchru Dawi an. „Hoffe nicht, daß du uns zum zweitenmal in die Irre führen kannst, du Schwein", knirschte er durch die Zähne. „Auch ich kenne den Weg." Er lachte höhnisch. „Du hast wohl geglaubt, daß mich das Fieber zu einem alten Weib gemacht habe! Haiai, du kennst Kuchru noch nicht! Den Dämon nennen mich meine Freunde, und auch du wirst noch erfahren, daß ich diesen Namen verdiene! Lauf, oder ich will dir mit der Peitsche neue Kräfte geben", fuhr er mit erhöhter Stimme fort, denn Dawi war gestolpert und gefallen und kam mit den gebundenen Händen nur mühsam wieder auf die Beine.

Der schweigende Trotz des Dschungelmenschen reizte Kochru zu immer größerer Roheit. Was bedeutete es ihm, daß ihm Dawi das Leben gerettet hatte, als ihn die Männer von Dannah, die ihn nicht zu Unrecht des Mordes an Kitar verdächtigten, dem Tiger überlieferten! Reichtum winkte ihm und den anderen, die er im Geheimen jetzt schon beneidete. Ein Leben in süßem Nichtstun! Hai, er würde tagelang in den Teehäusern sitzen und spielen! Er würde all das genießen dürfen, um das er die Reichen beneidete! Bitter war nur, daß er den Reichtum mit Sang-Nu, mit Karu und Mon teilen mußte. Ob er nicht einmal ein paar Worte mit Sang-Nu darüber sprechen sollte?

War Dawi wirklich so an Leib und Seele gebrochen, wie es die vier Abenteurer annahmen? Schweigend trottete er voran, schweigend nahm er die kargen Bissen hin, die ihm die Männer zuwarfen, wenn sie um das Lagerfeuer saßen. Sie versäumten es nie, ihn sorgfältig zu binden, ehe sie sich zur Ruhe legten. Manchmal war Dawi wie gelähmt von den einschneidenden Riemen, wenn er sich morgens erhob. Nein, er konnte dieser Bande nicht entkommen, die ihn tagsüber wie einen Ochsen vor sich hertrieb.

Dawi hatte längst den ersten Schreck seiner Gefangennahme überwunden. Er grübelte Tag und Nacht darüber nach, wie er entkommen könnte. Er lauerte auf eine gute Gelegenheit, und würde sie bestimmt nützen. Aber das wußten auch Sang-Nu und seine Männer.

Alles schien verloren. Längst hatte Dawi sich an die Sprache der Abenteurer gewöhnt, und was er immer noch nicht verstand, das erriet er. Sie planten einen Anschlag auf den Tempel, auf die Göttin!

Ganz allein, gebunden, geknechtet stand er dieser Gefahr gegenüber. Was bedeutete es, daß auch sein

Tod beschlossen war, daß er an dem Tage sterben würde, an dem die Männer den Tempel erreichten! Mit der Geduld des Dschungelmenschen lauerte Dawi.

Einmal kam ein Tag, an dem Mon seine Hände nicht so hart einschnürte, wie gewöhnlich. Dawi konnte die Handgelenke drehen, und er fühlte, daß es ihm gelingen konnte, die Schlinge abzustreifen. Aber da waren noch die Seile an seinen Armen, die Karu, der heute hinter ihm ging, hielt. Mit einem Ruck konnte er sie ihm aus den Händen reißen. Kuchru und Sang-Nu hatten die Gewehre während des Marsches umgehängt. Ehe sie schußfertig waren, würde er im Dickicht verschwinden. In wühlendem Denken runzelte Dawi die Stirn, die Narben in seinem Gesicht brannten rot. Es würde nicht so leicht sein. Mit den Seilen konnte er sich im Dickicht verhängen, und ehe es gelang, sie abzustreifen, waren sicher die Männer wieder über ihm.

Doch jetzt hob Dawi den Kopf. Dort an der Rinde des Stammes hing grauer Staub. Ein riesiges Nashorn hatte sich daran gescheuert. In dem feuchten Boden einer Senke, die sie eben durchschritten, standen ein paar Tritte.

Dawi wußte, daß Einhorn, der Nashornbulle, hier vorübergewechselt war. Niemand kannte so gut wie er die Eigenart des Bullen. Ein Plan reifte in seinem Kopf.

Der Bulle sollte ihm helfen, er mußte Verwirrung stiften, seine Wächter so lange aufhalten, bis er die lästigen Seile abgeworfen hatte.

Den erfahrenen Jägern war die Fährte nicht entgangen. Sang-Nur forderte seine Männer auf, zu schweigen. Er nahm die Büchse schußfertig unter den Arm, und Kuchru folgte seinem Beispiel.

Dawi lockerte die Schlinge an seinen Handgelenken, während die Männer wachsam den Dschungel beobachteten, der wie eine grüne Mauer zu beiden Seiten des Wechsels stand. Ab und zu warf er einen Blick zurück. Ein Lächeln zuckte um seinen Mund.

Schwül und reglos war die Luft. Mückenschwärme standen in Wolken über den morastigen Stellen, die sie jetzt durchwanderten. Der Schweiß rann in Strömen. Es war lästig, die schwere Büchse im Arm zu halten und dabei die Mücken abzuwehren. Sang-Nu und Kuchru warfen sie wieder über den Rücken. Karu stieß eine Verwünschung aus, er hatte sich einen Dorn in den Fuß getreten. Mon war bereits wieder in stumpfe Gleichgültigkeit versunken. Zum Schwatzen hatte keiner Lust. Voran Dawi, der Gefesselte, so zog der Trupp dahin.

Wieder lächelte Dawi. Seine Nasenflügel blähten sich. Eine Witterung war zu spüren, ganz schwach nur. Jetzt war er seiner Sache sicher. Ganz nahe stand

Einhorn, der Bulle. Noch dreißig, vierzig Schritte. All seine Sinne waren gespannt. Irrte er sich jetzt, so war es sein Tod!

Auch für einen scharfen, geübten Blick sah der Dschungel hier eintönig aus, zeigte kein noch so bedeutendes Merkmal. Und doch, durch eine Lücke im Busch entdeckte Dawi den merkwürdig krummgewachsenen dürren Ast, der aus der Baumkrone ragte, unter der Einhorn immer zu ruhen pflegte, jetzt, um die heißeste Tageszeit.

Sang-Nu öffnete eben den Mund, um den Befehl zu einer kurzen Rast zu geben, als Dawi einen häufig benutzten Nashornwechsel zur Seite erspähte. Er trat auf einen gekrümmten Ast. Mit lautem Knacken zerbrach er, und im selben Augenblick krachte und rauschte es im Dschungel. Karu stieß einen Schrei aus und wollte nach Dawi greifen, der ihm die Seilenden aus den Händen gerissen hatte. Mon kam ihm zu Hilfe, und beide stürzten. Schon war das Nashorn da, brach mit gesenktem Kopf aus den Büschen.

Sang-Nus Schuß ging fehl. Kuchru schrie laut auf, doch das Horn des Bullen, das ihn mitten auf die Brust traf, brachte ihn zum Schweigen. Er wurde niedergestoßen, zertrampelt. Dawi war hinter einem Stamm verschwunden. Ein Ruck, seine Hände waren frei, und hastig streifte er die Seile ab. Wohl war er geschwächt

und erschöpft, aber flink wie ein Tier des Dschungels kroch er durch das Unterholz. Er griff nach einer Liane, schwang sich in eine Baumkrone, kletterte mit einer aufgestörten Affenhorde um die Wette. Er lachte, rieb sich die Handgelenke und wiegte sich in einem Wipfel. „Haiai, jetzt sollen sie einmal versuchen, mich zu fangen! Taub und blind werden sie umherkriechen!"

Sang-Nu brüllte in seiner Wut wie ein gereizter Büffel, und doch klang es hier im Dschungel wie das lächerliche Quaken eines Frosches.

Die Jagd nach dem Tempelschatz war zu Ende. Kuchru, der einzige, der sie vielleicht noch hätte führen können, war tot, Mon lag wimmernd im Gras. Das Nashorn hatte ihm den linken Fuß zerstampft. Mit nicht geringer Erbitterung stellte Sang-Nu fest, daß auch Kuchrus Büchse unbrauchbar geworden war. Unter den Tritten des Nashornbullen, den die Götter verdammen mochten, war der Schaft gesplittert und der Lauf verbogen worden.

Und Dawi war entschlüpft! Wie es ihm gelungen war, die Hände aus der Schlinge zu befreien, das blieb Sang-Nu ein Rätsel. Aber vergeblich suchte er stundenlang im Dschungel nach dem Entflohenen. Der Anschlag auf den Tempelschatz war vereitelt. Freilich, ein Mann wie Sang-Nu ließ sich so leicht nicht entmutigen. Was heute mißlungen war, das konnte ein andermal glücken. Dawi gehörte zu dem Dorf der Ogus und dort konnte Sang-Nu den verlorenen Pfad wiederfinden.

Der Berg schlägt zu

Zum erstenmal sprach Dawi vor den Männern über seinen Plan. Er hatte sich zuvor mit seinem Vater beraten, und Jagash stimmte ihm, mitgerissen von seiner jugendlichen Begeisterung, zu. Erstand nicht in Dawi seine eigene Jugend wieder mit all ihrem Ungestüm und ihrer Zukunftsgläubigkeit? Jagash schob die aufkeimenden Bedenken unwillig beiseite. Er bestand nur darauf, daß Dawi nichts von seiner Gefangennahme erzählte und auch nichts von Anga erwähnte. Dergleichen Dinge würden leicht mißdeutet, so meinte er, und ein Häuptling, der einmal in Sklavenbanden gelegen habe, würde es nicht leicht haben, sich unter den jungen Männern Achtung zu verschaffen.

Dawi mühte sich, seiner Stimme männliche Festigkeit zu geben, und als er erst dabei war, die Schönheit der entdeckten Wälder zu schildern, flossen ihm die Worte leicht über die Lippen. Er sprach auch von Chao, dem Flüchtling, und von den Reichtümern des

Bergdschungels. Die Höhle pries er als einen Sitz der Götter. Über die Schwierigkeiten der Reise ließ er sich nur in flüchtigen Bemerkungen aus. „Er huscht darüber hin wie eine Antilope über den Busch", knurrte Noi unzufrieden dem neben ihm sitzenden Langur ins Ohr. „Jeder weiß, daß nicht alle, die um das Feuer sitzen, das Ende einer solchen Wanderung erleben", gab ihm der andere zurück und kratzte sich bedenklich den Kopf.

Die Begeisterung riß Dawi mit, aber vergebens wartete er auf die Beifallsrufe seiner Zuhörer. Nur einige der Jungen bekamen leuchtende Augen und tasteten nach den Speeren, begierig nach Abenteuern in fremden Wäldern. Allmählich verloren die Worte des Häuptlingssohns ihr Feuer. Vergebens versuchte er, die drohenden Gefahren heraufzubeschwören. Erst als er den Kampf des Nashorns mit den Eindringlingen schilderte, wurde er wieder lebhafter.

„Jetzt sind es nur einzelne, die nach Owati vorstoßen", so schloß er seine Rede. „Aber immer mehr werden kommen. Unser Dschungel wird veröden, alles wollen sie haben! Sie fällen die Bäume und lassen sie von den Elefanten, die sie zu Sklaven gemacht haben, in die Flüsse wälzen. Sie töten die Tiere. Öde und leer wird es um unser Dorf werden, und zuletzt beugen sich unsere Rücken unter der Peitsche der Habgierigen. Alles werden sie uns nehmen, nichts wird uns bleiben, sogar unsere alten Götter trifft ihr Fluch. Und so will ich denn den Ogustamm fortführen von hier und ihm eine neue Heimat geben, tief in den Wäldern und Bergen, fern von allem Bösen, das gegen uns heranflutet. Amorai, Tal des Friedens, so habe ich den Dschungel, den ich fand, genannt. Auf nach Amorai, ihr Männer von Ogu, auf in das Tal des Friedens!"

Aber nur ein paar junge Burschen sprangen auf und stimmten in Dawis Ruf ein. Vergebens wartete Dawi darauf, daß sein Vater als erster mit der Zustimmung beginnen werde. Verdrossen saß Jagash neben seinem Sohn. Er hatte eingesehen, daß er einen Fehler gemacht hatte und beschloß, erst einmal die andern zu Wort kommen zu lassen.

Alle sprachen, zuerst die Alten. Wongdi war ihr Wortführer, und eifrig nickten sie ihm Beifall. Er bewies, daß er der Herr großer Gedanken war.

„Wir alle wissen, daß viel Wahres an den Worten Dawis ist. Wir haben die Elefantenjäger kennengelernt, und die Alten unter uns kennen auch die Dörfer jenseits des Dschungels. Früher lag unser Dorf unten am Fluß, in einem Tal, das reiche Reisernten bot. Trotzdem waren wir arm, ärmer als heute, und ständig ging der Unfriede unter uns um. Die jungen Burschen wanderten flußab, und wenn sie wiederkehrten, spotteten sie über unsere ehrwürdigen Bräuche. Sie saßen müßig am Feuer und warfen die Steine um das Geld, das sie verdient hatten. War es verbraucht, so begannen sie zu streiten. Die jungen Mädchen wurden von ihrer Unruhe angesteckt, und viele liefen davon mit fremden Männern.

Damals hat uns Jagash zusammengerufen, und die Alten fanden guten Rat. Wir zogen nach Owati und lebten nach der Väter Sitte. Armselig waren unsere Reisfelder, und die Affen, Ratten und Mäuse, die Vögel der Dschungel bestahlen uns. Trotzdem waren wir zufrieden, denn der Dschungel bot uns alles, was wir brauchten. Unser Leben floß dahin wie ein ruhiger Fluß in der Trockenzeit, und es war gut so. Nur in jungen Jahren ist der Mensch voller Ungeduld und sucht nach Abenteuern. Und diese Ungeduld ist es, die ich aus Dawis Worten höre.

Stünde Ahmad, der Zauberer, noch an Jagashs Seite, so würde ich sagen: Laßt uns auf seine Voraussagen vertrauen! Durch ihn sprachen die Geister, die Götter zu uns. Er ist tot, und niemand trat an seine Stelle, denn wer von uns hört schon auf das Geschwätz der alten Frauen, die zuweilen Zauber treiben, wie sie es von ihren Müttern lernten?

Zweimal waren nun die Fremdlinge, die Elefantenjäger, in Owati. Es ist eine schlimme Bande, das erkannte ich an ihren Blicken, und ich habe es nicht nötig, erst noch auf ihre Taten zu warten. Doch mächtig ist der Schutz, in dem wir Männer von Ogu stehen. Sang-Nu und seine Männer töteten das alte Nashorn. Zur Strafe hat jetzt der junge Bulle die Mörder seiner Mutter in den Grund gestampft."

Laut riefen die Männer dem Alten Beifall, und auch die Jüngeren stimmten mit ein. „So sage ich: Laßt uns auf den mächtigen Schutz der Götter vertrauen", fuhr der Alte fort. „Sie rufen zuweilen die Tiere der Wälder, um ihren Willen zu erfüllen. Kommen sie wieder, so werden die Elefanten von Owati sie aufspießen, zerstampfen."

Wieder unterbrach ihn das laute „Haihai" der Zuhörer. Es währte eine ganze Weile, ehe er sich erneut verständlich machen konnte.

„Schön ist es im Dschungel von Owati, schön und friedlich. Wer sagt uns, daß Amorai wirklich ein Tal des Friedens ist, wie es uns Dawi verhieß? Kennt er die Nachbarn, kennt er das Herz Chaos, der dort haust? Er, der die Sprache der Tiere versteht wie kein zweiter im Stamm, sieht nur das Neue, das Lockende; wir aber, die das Alter gebeugt hat, wir wissen, daß es nirgends schöner sein kann als hier in Owati. Steile Felsberge schützen uns gegen Eindringlinge von Mitternacht und von Sonnenaufgang. Nur von Mittag führt ein Weg zu uns, und ihn bewachen die Geister, die jedem feindlich sind, der nicht unseres Stammes ist.

Laßt uns bleiben, wo wir sind! Zweimal sind die Fremdlinge zu uns gekommen, ein drittesmal werden sie es nicht mehr wagen, bei uns einzudringen!" Der alte Wongdi setzte sich, und von allen Seiten riefen die Männer seinen Namen. Jetzt aber sprach Langur. Er hatte Dawi beispringen wollen, aber unter dem Eindruck der Rede Wongdis hatte er seine Meinung geändert.

„Dicht beim Dorfe hat gestern, als ich im Walde weilte, ein Nashornvogel sein Weibchen eingemauert. Jedermann weiß, daß dies ein gutes Zeichen ist. Der Ort, den er wählt, ist ein Ort des Friedens. Unten an den Reisfeldern aber sah ich einen Pandamarder, der eine ganze Brut der bissigen, grauen Baumratten abwürgte. Sprechen nicht die Geister zu uns mit solchen Vorbedeutungen? So sage ich, die Ratten sind wie die Männer Sang-Nus, und wie der Pandamarder ist die Macht der Götter, die uns schützt!"

Ungeduldig wartete Mao, einer der Jüngsten, auf des Häuptlings Wink. Jetzt schnellte er auf, daß die Kupferringe an seinen Armen rasselten. „Spitz sind unsere Pfeile und tödlich das Gift, in das wir sie tauchen. Wagen es wieder feindliche Eindringlinge, nach Owati zu kommen, nun, so soll uns Dawi führen! Jagash aber mag die Alten, die Frauen und Kinder in den Berghöhlen verbergen. Hat Dawi nicht den Tiger getötet, als er noch ein halber Knabe war? Niemand zweifelt an seinem Mut, wenn er auch seither nur Worte des Friedens sprach und selten mit uns jagte! Auf zum Kampf, mit Dawi!"

Die jungen Burschen sprangen auf und schwenkten die Speere. Jagash hatte Mühe, sie zum Schweigen zu bringen. Erst als er die lautesten Schreier mit hartem Griff niederdrückte, konnte er sich Gehör verschaffen.

„Sind wir ein Rat von Männern oder eine Schar von schwatzhaften Frauen?" schalt er zornig. „Ich habe eure Reden vernommen. Wo Meinung gegen Meinung steht, da gibt des Häuptlings Wort den Ausschlag. Nun, so vernehmt, ich war es, der Dawi ausgesandt hat zur Suche nach einem neuen Waldgebiet. Aber ich will nicht mit einer Horde Unzufriedener in die Berge ziehen. Auch ich vertraue dem Schutz der Geister in vielen Dingen, aber ich habe immer erfahren, daß sie nur dem zur Seite stehen, der ihren Warnungen folgt. Ahmad war der Freund meines Sohnes Dawi, ihm schenkte er seine Weisheit. So sage ich euch denn, manches von dem, was er erfuhr, hat er auf meinen Rat verschwiegen, um nicht Trauer und Sorge in das Dorf zu bringen. Wir bleiben, aber an diese Stunde will ich euch mahnen, wenn das Böse über uns kommt, das ich wie eine Wolke über dem Dorf aufsteigen sehe."

Er wandte sich ab und winkte Dawi, ihm zu folgen. „Schweig", flüsterte er, als er merkte, daß sein Sohn zögerte. „Schweig und gedulde dich! Falsch war es, vor die Versammlung zu treten, ehe ich nicht in vertrautem Gespräch die Alten für mich gewonnen hatte!"

Dawi saß mit finsterem Gesicht in der Hütte. Er hörte nur mit halbem Ohr auf die Worte des Vaters, der Abwarten die Klugheit der Häuptlinge nannte. War es ihm nicht immer gelungen, den Willen der Männer zu lenken, wenn es darauf ankam?

„Leichter wäre es, der Anführer einer Affenhorde zu sein, als der Häuptling dieser aufsässigen, hirnlosen Schakale", zürnte Dawi. Jagash lächelte überlegen. „Noch ist nichts verloren. Hast du schon einmal einen Baum mit einem einzigen Beilhieb gefällt?"

Geduld verlangte Jagash von Dawi, dem noch Angas letzte Worte in den Ohren klangen. Er hielt es nicht mehr aus im Dorf. Unerträglich dünkte ihm das Geschwätz, das nach der Beratung wie Bienengesumm das Dorf füllte. Das hämische Gelächter Nois ließ ihn mit den Zähnen knirschen. „Ist es nicht noch etwas anderes, das dich in die Bergwälder lockt?" rief er dem Häuptlingssohn nach. „Hat dieser Chao vielleicht eine Tochter?" Er schlug sich klatschend auf die Schenkel, als er sah, wie seine Worte getroffen hatten. Haiai, die Alten waren allemal noch pfiffiger als die Jungen!

Draußen im stillen, schweigenden Dschungel wurde Dawi ruhiger. Er überlegte. War es nicht klüger, das Dorf zu verlassen und mit Chao und den Seinen in den Bergen zu leben? Was lag ihm an der Häuptlingswürde? Heute hatte er das erstemal ihr Machtgefühl gespürt, als er vor seinem Vater das Wort ergriff, und sogleich hatte er auch all ihre Bitterkeit erfahren. Noch lag sie ihm beizend auf der Zunge. Er spuckte aus und holte sich von einem Baum ein paar süße Früchte, die er nachdenklich verzehrte, während er den Weg zu den Tempelruinen einschlug.

Wieder umdüsterte ihn die Sorge. Der Gedanke quälte ihn, daß nur er allein die ganze Größe der Gefahr erkannte, die dem Stamm, dem Tempel drohte.

In seiner Ratlosigkeit beschloß er, sich den Zaubertrank Ahmads zu brauen und auf die Stimmen des Traumes zu lauschen. Aber vergebens suchte er nach dem Zauberkraut, bis er sich erinnerte, daß seine Zeit noch nicht gekommen war. Ohne zu achten, wohin er ging, erreichte er den Fuß der Felswand, die sich im Norden bis zum Dorf hinzog. Dawi begann sie zu ersteigen. Er suchte nach den Felsenaffen. Ja, er wollte wieder einmal inmitten der Horde sitzen und von den alten Zeiten träumen. Ihm schien, als wäre er nie glücklicher und zufriedener gewesen als damals.

Jetzt stand er hoch oben in der Felswand in einer Nische und sah hinab in den schweigenden Dschungel. Er stieß seine Lockrufe aus, doch nur das Kreischen der Papageien antwortete ihm. Dawi setzte sich nieder und begann wieder zu grübeln.

Aus dem dunklen Dschungel stieg der Rauch des Dorfes auf. Wieder packte ihn der Zorn. Er schnellte auf, schüttelte drohend die Fäuste. Vor ihm lag ein Felsstück, das wohl zwei Männer nicht von der Stelle zu rücken vermochten. Dawi bückte sich und hob es aus dem Grund. Seine Muskeln wurden zu Knorren, die Sehnen zu Lianenseilen. Er keuchte. All seine Kraft brauchte er, um den Felsblock zu heben. Jetzt aber stemmte er die gewaltige Last hoch empor. Mit mächtigem Schwung warf er den Block über die Wand. Er lauschte auf das Poltern und Dröhnen. Eine Lawine von Gestein mit sich reißend, verschwand der Felsblock im düsteren Grün der Tiefe. Dawi lachte befreit, während ihm der Schweiß in Bächen über Gesicht und Brust lief. Jetzt war er seinen Groll losgeworden, der Aufruhr in seinem Innern besänftigte sich.

Er streckte sich in der Felsnische lang aus, und während er auf das Gekreisch der durch den Felssturz aufgescheuchten Vögel und Affen lauschte, versank er in

Schlaf. Irgendein fremdartiges Geräusch weckte ihn wieder. Er war sich im Augenblick nicht klar, aber er wußte, daß es kein Lock- oder Warnruf eines Tieres gewesen sein konnte.

Da war es wieder. Wie das Brummen eines ungeheuren Bären lief es durch das Gestein. Es rieselte und bröckelte in der Wand. Dawi hatte einen Augenblick das Gefühl, in schwankendem Wipfel zu sitzen. Der Felsgrund bebte. Er richtete sich auf, im Schreck wäre er fast aus der Nische gestürzt. Was war das? Der

Steinschlag dröhnte entlang der ganzen Felswand. Dawi preßte sein Ohr gegen den Grund. Jetzt vernahm er es deutlich, aus der Tiefe kam das Murren! War es ein Zeichen der Götter? Zürnten sie über den Kleinmut der Männer von Ogu?

Dawi erinnerte sich an die Sagen seines Volkes. War einer der feuerspeienden Ungeheuer, die dereinst im Dschungel gehaust hatten, wieder lebendig geworden, begann es in seiner unterirdischen Höhle den Rücken zu krümmen, mit dem Schwanz zu schlagen?

Der Häuptlingssohn von Ogu wartete nicht ab, bis das Rollen und Poltern erneut begann. Er schwang sich aus der Felsnische und glitt, sich an Wurzeln und zähen Ranken haltend, über die Wand hinab. Da und dort fand er kaum einen Halt für seine Zehen, er mußte, den Schwung des Körpers ausnützend, einen Vorsprung erreichen, in den er sich einkrallte. Am Fuße der Wand angekommen, sah er scheu empor. Noch immer lösten sich einzelne Steinbrocken und stürzten herab. Es krachte und dröhnte wie der Donnerschuß, über den Sang-Nu gebot.

Dawi lief waldein. Überall lagen Felstrümmer und die wundgeschlagenen Bäume bluteten. Büsche lagen niedergedrückt unter der Steinlast am Boden.

Mitten im Gestrüpp bewegte sich etwas. Dawi trat näher. Ein Wildschwein zuckte, vom Steinschlag getroffen, verendend zwischen geborstenen Felstrümmern.

Ob sie im Dorf, an das sich doch gegen Mitternacht die Wand nahe heranschob, auch das unheimliche Rollen vernommen hatten?

Jagash schüttelte verwundert den Kopf. Nein, in Ogu war alles still geblieben. Er folgte Dawi hinaus zu der Felswand und besah sich die Verwüstung. Noch nie war er sich so hilflos vorgekommen wie heute. Wenn Ahmad nur noch lebte! Er hätte die Zeichen sicherlich zu deuten vermocht.

Die Regenzeit machte Dawis Umherwandern im Dschungel ein Ende. Tag um Tag hatte er darauf gewartet, daß irgend etwas Großes, Gewaltiges geschehen sollte, aber alles war ruhig geblieben. Jetzt stürzten die Wasser herab, Blitze zuckten und der Donner rollte. In den Hütten aber war es gemütlich. Am flackernden Feuer erinnerten sich die Alten der Sagen und Märchen des Stammes und gaben sie an die Jüngeren weiter. Niemand sprach mehr von der Bedrohung des Dorfes durch die Elefantenjäger Sang-Nus.

Jagash freilich redete in aller Stille bald mit dem, bald mit jenem seiner Männer, aber es war ein mühseliges Werben. Noch war nichts geschehen, was auf Gefahr hindeutete. Im Gegenteil, das Leben in Ogu ging seinen gemächlichen Gang. Es war so schön, vor der vollen Reisschüssel zu sitzen und auf das Rauschen des Regens zu lauschen, alten Erinnerungen nachzuhängen! Kam dabei das Gespräch auf Sang-Nus Bande, so nahm der Spott kein Ende. Der Nashornbulle wurde so groß wie ein Elefant, und er hatte nicht einen, nein, ein Dutzend Männer getötet und die übrigen verfolgt und in den Fluß geschleudert! Haiai, wie sie gelaufen waren, die schmutzigen Hyänen! Der Schutz der Götter umgab Ogu wie eine Mauer, und vergeblich mühte sich der Häuptling, die Sicherheit, in der sich alle wiegten, zu erschüttern.

Auf Dawi konnte er sich nicht stützen. Für solche mühselige Geduldsarbeit war er noch zu jung und aufbrausend. Die Sehnsucht nach Anga saß bei ihm in der Hütte, sie folgte ihm auf Schritt und Tritt. Der Kupferring, den er dem Dschungelmädchen geschenkt hatte, schmiedete sie beide zusammen. Er würde keine Ruhe mehr finden, es sei denn an ihrer Seite.

Wie quälend war es, das Gekicher der Mädchen zu hören! Vijay sollte gleich nach der Regenzeit in Maos Hütte ziehen, und auch Dajinka fehlte es nicht an Freiern, wenn sie sich ihnen auch noch in mädchenhafter Scheu entzog. Auch sie würde bald die Häuptlingshütte verlassen. Nur Saya, die Mutter, fand in diesen Tagen, während die Regengüsse hernichderprasselten, die richtigen Worte für Dawis Kummer. Manche Stunde saßen Mutter und Sohn in einem stillen Winkel und plauderten von Amorai, dem Land des Friedens, von Anga, der schönsten Dschungelblume Indiens.

An einem der wenigen Sonnentage der Regenzeit stieß Dawi im Dschungel auf Krummzahn mit seiner Herde. Der riesige Bulle war nach Owati zurückgekehrt. Mißtrauisch witternd hob er den Rüssel, ließ ihn aber gleich wieder sinken und klappte mit den Ohren. Rumpelnd begrüßte er Dawi, der ihm frische Zweige zureichte. Brachte ihm Krummzahn nicht einen Gruß aus den Bergen? Noch vor kurzem hatten Angas kleine Hände seinen Rüssel betastet und liebkost!

Dawi folgte der Herde, die um diese Zeit immer in den Tempelruinen ihren Einstand hatte. Doch wie merkwürdig! Krummzahn wiegte sich grollend auf den Säulen, und die Herde fand sich nicht wie sonst in Gruppen und Familien zusammen. Ständig schoben sich die Dickhäuter durcheinander, und das aufgeregte Trompeten wollte nicht verstummen.

Dawi zog sich zurück. Er spürte mit sicherem Dschungelinstinkt, daß es jetzt gefährlich war, zwischen die Elefanten zu geraten. Sie achteten auf solch ein schwächliches Wesen gar nicht, und die Kühe wurden reizbar, angriffslustig, wenn jemand ihren Kälbern zu nahe kam.

Sollte ein Tiger in den Ruinen hausen? War zwischen den Kobras und den Elefanten ein Streit ausgebrochen?

Dawi traf unvermutet mit einer Rhesushorde zusammen. Vergebens lockte er. Die Affen stießen immerzu laute Warnrufe aus und liefen eilig waldein. Als er sie später in den Felswänden suchte, fand er diese wie ausgestorben. In den Grotten und Nischen lag vertrocknete, alte Losung, die Horde war schon längere Zeit nicht mehr darin gewesen.

In den Sümpfen, die sich wie immer um diese Jahreszeit bis dicht an die Ruinen herangeschoben hatten, trottete der große Nashornbulle unruhig umher. Er tat sich nieder, um sogleich wieder aufzuspringen, zu prusten und mißtrauisch umherzuäugen. Als ihn Dawi halblaut anrief, machte er ein paar Schritte, schwenkte dann plötzlich ab und verschwand mit lautem Schreien im Wald.

Dawi schüttelte den Kopf. Er konnte das seltsame Verhalten der Tiere nicht begreifen. Tagelang streifte er jetzt wieder umher, doch immer war es dasselbe. Die Elefanten hatten die Ruinen verlassen und standen weit draußen im Bambusdickicht.

Allmählich begriff Dawi. Längs der Felswände hatte sich ein leerer Dschungelgürtel gebildet. Weder ein Wildschwein noch eine Schlange traf er darin an. Die Rhesusaffen nächtigten in den Bäumen, und wenn sie gelegentlich beim Äsen den Fuß der Wand erreichten, äugten sie mißtrauisch empor und flüchteten bei der geringsten Bewegung eines Strauches.

Dawi durchforschte alle Höhlen und Dickichte entlang der Felsberge. Nirgends stieß er auf Leoparden- oder Tigerfährten. Alle Tiere mieden die Wände. Ob ihr Verhalten mit dem seltsamen Rollen und Knirschen zusammenhing, das er vernommen hatte? Hoch auf den Bergrücken machte Dawi eine Entdeckung. Dort hatten sich tiefe Erdrisse gebildet. Jahrhundertealte Bäume waren gestürzt oder in die Spalten eingesunken.

Jetzt zweifelte er nicht mehr daran, daß irgendein Verhängnis im Anzug war. Er legte das Ohr auf die Erde und vernahm ein Knirschen und Reiben. Der Drache der Urzeit regte sich, und einmal würde er sich aufrichten, die Felsen spalten, die Berge erschüttern!

Es kam ein Tag, an dem die Elefanten mit schwingenden Rüsseln laut trompetend den Dschungel von Owati verließen. Dicht beim Dorf zogen sie vorbei und schlugen den Wechsel ein, der gegen Mitternacht führte. Das war noch nie vorgekommen! Selbst die Alten des Dorfes wurden nun aufgerüttelt. „Das Zeichen, auf das ihr gewartet habt – hier ist es!" rief Jagash, nicht ohne Hohn und stille Genugtuung. „Die Elefanten verlassen uns, sie wittern die Gefahr, die über uns ist!"

Da kam Dawi in das Dorf gelaufen. Er schwenkte die Arme und kämpfte mühsam um Atem. „Mail, mail, vorwörts, ihr Männer! Bündelt euren Hausrat, nehmt die Frauen und Kinder und flieht mit ihnen! Meidet die Felswände! Deutlich habe ich wieder das Brüllen der Urtiere in der Tiefe vernommen! Der Nashornbulle, die Büffel, die Hirsche, die Affen und Schweine, alle sind davongezogen! Nach Mitternacht laufen sie, wie auf der Flucht. Kommt mit mir, ich will euch die Erdrisse zeigen, die Felstrümmer, die sich bereits gelöst haben! Noch hat das unterirdische Rollen die Wände über dem Dorf nicht erreicht, aber auch dort knistert es schon im Gestein. Flieht mit mir, ehe es zu spät ist, flieht, denn zum letztenmal mahnen uns die Geister der Tiefe! Quellen sind versiegt und andere sind aufgebrochen, Spalten gähnen wie die Rachen gewaltiger Tiger. Am schlimmsten tritt die Veränderung unserer Berge über den Tempelruinen zutage. Dort hat sich die ganze Felswand vornübergeneigt und droht den Dschungel unter sich zu begraben!"

Jagash brach unverzüglich mit einigen seiner Männer auf, um das Unglaubliche, das Dawi berichtete, zu prüfen. Wongli, Langur, Rao und Noi folgten ihm auf dem Fuß. War die Gefahr wirklich so nahe, oder handelte es sich nur um das Geschwätz eines Halbwüchsigen, eines unreifen Knaben? Gewiß, sie hatten alle die flüchtige Elefantenherde gesehen, aber vielerlei konnte die Tiere erschreckt haben. Vielleicht kehrten sie bald wieder um, wenn sie sich erst beruhigten.

Doch auf halbem Weg zur Felswand mußten sich die Männer in ein Bambusdickicht flüchten, denn mit Prusten und Brüllen stampfte eine Gaurherde heran. Die gehörnten Häupter gesenkt, mit den Schweifen die Flanken peitschend, zogen sie vorbei, ohne sich um die Witterung und um das Geschrei der Menschen zu kümmern. Und hinter ihnen flüchtete ein Rudel Schamburhirsche, zwischen ihnen, neben ihnen liefen die roten Wildhunde mit eingezogenen Schwänzen. Mit angstgeweiteten Lichtern, geöffneten Äsern jagten die Hirsche vorbei, sie schienen die blutdürstigen Buansus gar nicht zu beachten. Die Furcht vor dem Unheimlichen, das sie alle bedrohte, hatte uralte Feindschaften ausgelöscht.

Dawi trat als erster wieder aus dem Bambusdickicht heraus. Er lauschte. Wieder glaubte er ein unterirdisches Rollen zu vernehmen. Jetzt erreichten die Vordersten den Nashornpfad. Ein Windbruch bot freien Ausblick auf die Felswand. Der Häuptlingssohn schwang sich auf einen der gestürzten Stämme. Jagash folgte ihm und half dem alten Wongli herauf. Einige andere waren mit Noi ängstlich zurückgeblieben.

„Deine Worte sind die reine Wahrheit, Dawi", murmelte der Greis und stützte sich schwer auf die Schulter des Häuptlingssohnes.

„Die ganze Wand ist gespalten, als hätte sie die Axt eines Riesen getroffen", flüsterte Jagash und mühte sich vergebens, das Beben seiner Knie zu verbergen. Ein Dröhnen und Poltern übertönte den Lärm der flüchtenden Herden, das Blöken und Brüllen, das ferne Trompeten der Elefanten. Staubwolken stiegen aus den Spalten auf, die ganze Wand, der jahrhundertealte Fels geriet in Bewegung. Felspfeiler taumelten wie trunkene Tempeltänzer, dann neigten sie sich, und unwillkürlich sanken die Männer in die Knie. Sie hoben die Arme und flehten zu den Göttern um Schutz.

Der Dschungel entlang der Wand begann zu rauschen, er ächzte und stöhnte unter dem niedergehenden Steinschlag. Baumriesen, die seit urdenklichen Zeiten hoch auf dem Bergrücken gestanden hatten, wirbelten durch die Luft. Näher und näher kam das Brausen, das Tosen und Bersten.

„Flieht, laßt uns die Frauen und Kinder retten! Folgt mir, Männer von Ogu!" Jagash hatte es geschrien mit versagender Stimme. Im Sprung prallte er mit Rao zusammen. Beide stürzten, und die andern fielen über sie. Aber im Augenblick hatten sich alle aufgerafft und jagten dahin. Dawi, der noch einen Blick auf die ungeheure Staubwolke geworfen hatte, die den Himmel

verdunkelte, schnellte sich im Bogen über die Dornen. Noch im Aufsprung vernahm er hinter sich den jammernden Ruf einer Greisenstimme. Da stand Wongli, der Alte, hilflos, gelähmt vom Schrecken. Schon schwang sich Dawi zu ihm hinauf und hob ihn auf den Boden herab. Unten angekommen, packte er den alten Mann und hob ihn leicht wie eine Feder auf seine starken Arme. In langen Sprüngen folgte er den Flüchtenden.

Als er einmal stehenblieb, um Atem zu schöpfen,

sah er hinter sich die Felsen niederbrechen. Jetzt rollten die Gesteinsmassen über den Tempelplatz, aus dessen Ritzen und Löchern die Kobras verzweifelt herausschossen, um im nächsten Augenblick zermalmt zu werden. Das pflanzenüberhangene Tor barst unter dem Anprall eines Felsbrockens. Säulen stürzten, mannshohe Quaderblöcke wurden zermalmt. Und immer noch folgten den ersten Steinlawinen neue Felsmassen, schwarze, dampfende Erde, Wurzelballen, zersplitterte, vom Gestein zerrissene Stämme. Wo einst der Tempel der Durga-Kali, der Gattin Shivas, sich erhoben hatte, wo zu Ehren Visnus und Brahmas das Opferblut floß, da war nur noch ein ungeheures, wüstes Trümmerfeld, eine eiternde, steinerne Wunde im immergrünen düsteren Dschungel. Noch immer dröhnte der Steinschlag. Jahrzehntelang hatten die tropischen Regengüsse die Tiefen der Felsberge unterspült, Höhlungen ausgewaschen, den Sockel schlüpfrig und glitschig gemacht. Jetzt gerieten die Wände ins Gleiten, die Gesteinsmassen stauten sich mit ungeheurem Druck, ehe sie barsten und Felsblöcke von Tonnenschwere weit hinein in den Dschungel schleuderten.

Als letzte erreichten Dawi und Wongli das Dorf. Frauen und Kinder mit allerlei hastig aufgerafftem Hausrat kamen ihnen entgegen. Dort lief auch bereits der furchtsame Noi, mit verzerrtem Gesicht und mit leeren Händen. „Hilf mir, hilf mir, sag, wohin ich fliehen soll!" wimmerte er und klammerte sich an Dawi fest. Mit verächtlichem Blick riß sich der Häuptlingssohn los. Er sah, daß sich einige der Flüchtigen anschickten gerade in die Gefahr hineinzulaufen. Mit federnden Sprüngen erreichte Dawi sie und trat ihnen mit ausgebreiteten Armen entgegen. Aber die vor Furcht Besinnungslosen wollten ihn beiseitestoßen, niederwerfen. Er schrie, drohte, und als das nichts half, packte er zwei der Vordersten und stieß sie rücklings in den Schwarm der Weiber. Das half. Im Nu zappelten einige am Boden. Eilig rafften sie sich auf und griffen nach den entfallenen Bündeln. Das hinderte die Nachdrängenden, und jetzt endlich konnte sich Dawi Gehör verschaffen. „Auf zum Elefantenwechsel! Mail, mail, vorwärts, gegen Mitternacht!" rief er mit dröhnender Stimme, und schon lösten sich ein paar aus dem Haufen, um seinem Geheiß zu folgen.

Jagash hatte bereits mit einigen besonneneren Männern ein wenig Ordnung geschafft. Es galt die Reisvorräte zu retten, denn die meisten hatten in ihrer kopflosen Flucht nur das Nächstliegende gepackt und sich mit oft völlig Unnötigem beladen.

„Hai, hai, haiiii!" Dawi rief mit gellender Stimme die jungen Burschen zusammen. Eben noch eine Horde verzweifelter, nur um das eigene Leben besorgter Wilder, richteten sie sich an seinem Mute auf. Alle gehorchten ihm, auch die Männer, die ihn bislang immer noch als halben Knaben betrachtet hatten. ,,Haii arrr", jetzt zeigte er, daß in seinen Adern Häuptlingsblut floß! Bis zu den erntferntesten Hütten, zwischen die bereits die ersten Felsblöcke polterten, drangen sie vor.

Mit Reiskörben beladen, keuchten sie in langer Reihe hintereinander her. Dawi, mit der doppelten Last auf dem Rücken, folgte als letzter. Doch nur bis zu dem großen Elefantenwechsel führte er seinen Trupp. Dort ließ er die Lasten niedersetzen und eilte noch einmal zum Dorf zurück. Einen flüchtigen Blick warf er auf Saya, die mit ihren Töchtern einer Schar von Frauen folgte. Er winkte der Mutter zu und war bereits in den Wolken von Staub und Rauch verschwunden, die über dem Dorf lagen. Ein paar der Hütten hatten Feuer gefangen, der beizende Qualm erschwerte das Rettungswerk.

Dawi war an allen Stellen zugleich. Wie ein Panther sprang er in die verwüsteten Hütten hinein, griff nach den Vorratskörben und schleppte sie hinaus. Jetzt polterte dicht neben ihm ein Felsblock heran. Im Sprung riß er einen der jungen Burschen zur Seite und war bereits wieder dabei, im Dunkel der nächsten Hütte nach Reiskörben zu suchen.

Und nun bebte die Erde unter dem Felsensturz, der wie eine Woge gegen das dem Untergang geweihte Dorf heranrollte. Schon war einer der jungen Burschen, vom Steinschlag getroffen, vornübergestürzt, einige der andern hinkten, fast jedem rann das Blut über Gesicht und Brust. Die umherfliegenden Steinsplitter fuhren wie Pfeilspitzen in die Haut. Dawi gab das Zeichen zum Rückzug. Er schwang sich den Schwerverletzten auf den Rücken und lief hinter seinen Freunden her.

Sollte der Dschungel von Owati ganz untergehen? Die Staubwolken, die über ihm lagen, verhüllten den Augen der Flüchtigen den Ausblick. So schrien die Weiber und Kinder laut auf, als plötzlich grelle Blitze das Dunkel durchzuckten und furchtbare Donnerschläge den Boden aufs neue erzittern ließen. Regen stürzte auf die heimatlose Schar herab, die eng zusammengedrängt auf dem Elefantenwechsel lag, der schnell zum Sumpf wurde. Jagash suchte mit Dawi nach einer Erhebung in der Nähe, und als er sie gefunden hatte, führte er den Stamm trotz des Unwetters dorthin. Es war gut so, denn allmählich wurde die von den Elefanten gebrochene Schneise zu einer Flußrinne. Gurgelnd und schäumend schoß das Wasser, das die vollgesogene Erde nicht mehr aufnehmen konnte, dahin.

Die Not der Stunde ließ keinen zum Nachdenken

kommen. Es galt, in aller Hast Hütten zu errichten, in denen wenigstens Frauen und Kinder für die Nacht Zuflucht fanden. Das Jammern der Frauen, das Wimmern der Kinder wollte kein Ende nehmen. Und doch war der ganze Stamm bis auf den alten Wongli und ein auf der Flucht verlorengegangenes Kind vollzählig beisammen. Einer der Männer hatte gesehen, wie der Greis zu seiner Hütte lief und sich vor ihr niedersetzte. Er war es, der dem Rat Dawis am meisten widerstrebt hatte. Willig nahm er die Strafe auf sich. Wongli wollte den Untergang Ogus nicht überleben. Sicherlich lag er, wie das verlorene Kind, unter den Steinmassen begraben.

Ein trüber Morgen dämmerte herauf. Während sich der Stamm zum Abmarsch bereitmachte, die Männer das gerettete Gut sichteten und in Traglasten schnürten, suchte Dawi noch einmal den Ort der Zerstörung auf. Wo das Dorf gestanden hatte, fand er nur noch einen Schuttberg, aus dem geborstene Stämme, riesige Felsen und starrendes Geäst herausragten.

Dasselbe Bild der Verwüstung bot der Tabuwald, in dem die Tempelruinen lagen.

Durch den verwüsteten, verödeten Dschungel von Owati zogen die Menschen von Ogu. Dawi, der Häuptlingssohn, führte sie dem Tal des Friedens entgegen. Wahrlich, er hatte sich in dieser Stunde der Not als ein Mann erwiesen, würdig, dereinst seines Vaters Nachfolge anzutreten.

Zu spät!

Flußauf kamen zum drittenmal die Elefantenjäger, die Dschungelräuber. Sang-Nu führte sie. Diesmal galt es ein gefährliches Unternehmen, das sich nur hier in den abgelegenen Wäldern ungestraft durchführen ließ. Von überall her waren ihm Männer zugelaufen, denn er versprach reiche Beute, große Schätze und Freiheit gegenüber den Dschungelbewohnern von Owati. Alles Gesindel, das die schmutzige Flut des träge durch die Täler fließenden Menschenstromes angespült hatte, fand sich unter Sang-Nus Führung zusammen. Mit einer solchen Bande hätte er die Hölle stürmen können!

Während sie flußauf marschierten, machten sie rohe Scherze über die Wäldler. Hai, wie sie sich unter ihren Fäusten krümmen sollten! Keiner würde entkommen, nicht Mann noch Frau noch Kind! Sang-Nu wollte mit ihnen das Dorf umzingeln und von den Gefangenen das Geheimnis der Tempelruinen erpressen. Daß er dabei seine stillen Pläne hatte, verriet denen, die ihn kannten, der verächtliche, höhnische Blick, mit dem er von Zeit zu Zeit seinen Heerbann musterte.

Er dachte nicht daran, die Beute mit dieser zusammengelaufenen Horde zu teilen. Wenn erst das Ziel erreicht war, wenn die Beutel mit den Smaragdaugen und den Edelsteinen, von denen die Dschungelsage berichtete, in seinen Händen waren, dann gedachte er sich mit zwei seiner Getreuen davonzustehlen. Was lag ihm daran, wenn die zügellose Horde ihre Wut über seinen Verrat an den hilflos ausgelieferten Dschungelbewohnern ausließ! Hatten sie nicht gewagt, ihm zu widerstehen, ihm, Sang-Nu, dem Mächtigen, vor dem sich die Rücken demütig krümmten? Zweimal war ihm Dawi, der Häuptlingssohn, entgegengetreten, zweimal war er ihm entschlüpft. Diesmal sollte er ihm nicht mehr entkommen! Die Bande, die ihm Sang-Nu anlegen würde, streifte er nicht ab wie die Lederschlingen und die Lianenseile Kuchrus!

Sang-Nu selbst brach mit Karu auf, um die Gelegenheit auszuspähen. Hintereinander trabten sie auf schmalem Hirschwechsel flußauf. Mehrmals blieb Sang-Nu stehen und lauschte. Wie merkwürdig still war der Dschungel! Nicht ein einziges Mal raschelte oder brach es im Dickicht. Kein Hirsch, kein Wildschwein wurde flüchtig, sogar das Kreischen der Papageien und das immerwährende Keckern der Affen war verstummt. Tot, ausgestorben lag der Dschungel da. Jetzt erkletterten die beiden Späher einen hochragenden Baum.

Dort, wo sie das Dorf vermuteten, stieg kein Rauch auf. Schwärme von Geiern kreisten über dem Dschungel, und seltsam verändert dünkte Karu die Gestalt der Waldberge. Hatte sich nicht dort hinter dem Dorf eine hohe Felswand erhoben?

„Ich sehe nur einen zerrissenen, gefurchten Hang, vor dem Felszacken wie die Fangzähne in einem Tigerrachen aufragen", murmelte Sang-Nu verwundert. Er knirschte mit den Zähnen. War denn der Dschungel von Owati verhext, daß sie nicht einmal ein Dorf wiederfanden, in dem sie schon einmal gelagert hatten?

„Mail, vorwärts", drängte Sang-Nu. Vorsichtig schlichen sie gegen den Wind flußauf. Jetzt lächelte der Anführer finster. Da war die Stelle, an der sie gelagert hatten. Noch steckten die Pfähle der Umzäunung im Boden, sogar das Gehege, in dem der junge Nashornbulle gestanden hatte, war noch zu erkennen.

„Mail, mail, der Pfad zur Linken führt hinauf zum Dorf!" Lautloser und geschmeidiger konnte der Tiger seine Beute nicht beschleichen als Sang-Nu und Karu das Dorf der Ogus. „Was bedeuteten die vielen Geier?" grübelte der Bandenführer vor sich hin. Warum spürten sie keinen Rauchgeruch? Irgend etwas machte ihn unsicher. Ging er mit Karu wohl gar in eine geschickt gestellte Falle? Er verzog die schmalen Lippen zu einem häßlichen Grinsen. Der Mann war noch nicht geboren, der ihn fing!

Karu bog die Zweige der Büsche beiseite und stieß einen Ruf der Überraschung aus. Statt der Hüttendächer, die er zu sehen hoffte, starrte er auf einen Schuttberg, aus dessen Spalten und Runsen es grün aufzusprießen begann. Der Dschungel hatte bereits begonnen, die Wunde, die ihm der Felssturz geschlagen, wieder zu überwuchern.

Sang-Nus Augen weiteten sich, der Mund blieb ihm vor Staunen offen. „Das Dorf, wo ist das Dorf?" stammelte er. „Die Berge sind darüber gefallen, die Götter haben in ihrem Zorn den ganzen Stamm vernichtet", versetzte Karu, der bereits den Fuß der Schutthalde erreicht hatte. Er wies auf die Geier, die da und dort in Schwärmen beisammenhockten und an Kadavern zerrten. Wohl waren die Tiere, das Unheil ahnend, geflüchtet, aber trotzdem hatten die stürzenden Felsen einige Nachzügler mit in die Tiefe gerissen oder im Dschungel erschlagen. Mit verbissenen Mienen stapften die beiden Späher umher. Halblaut tauschten sie ihre Bemerkungen aus. Soviel stand fest, im Dschungel von Owati gab es keine Tempelschätze zu heben. Und noch weniger war daran zu denken, Elefanten zu jagen. Verödet, verlassen lag die Wildnis vor Sang-Nu und Karu. Weithin bot sich ein Bild der Verwüstung, der Zerstörung. Die dem Bergsturz folgenden Regengüsse hatten ungeheure Erdmassen ihrer bisherigen Stütze beraubt, heruntergewaschen und den Dschungel in einen tiefen, ungangbaren Morast verwandelt. Nicht das kleinste Anzeichen deutete darauf hin, daß die Ogus, das Unglück ahnend, geflüchtet waren. Sicherlich lagen sie alle zerschmettert unter den Felsen – ein Gedanke, der für Sang-Nu wenigstens eine kleine Genugtuung war. Die Geister der Berge hatten seine Niederlagen an dem Stamm der Ogus, an Dawi und Jagash gerächt. Trotzdem erstickte ihn fast die Wut, mußte er doch mit leeren Händen abziehen. Noch in der Nacht verließ Sang-Nu mit einigen seiner Getreuen die Abenteurerhorde am Fluß. Was lag ihm daran, was aus den Männern wurde, die Habgier und niedrige Leidenschaften zusammengetrieben hatte? Mochten sie sich mit den Geiern die Beute teilen!

Während sich die Schar der Enttäuschten streitend und Sang-Nu verfluchend einem schmutzigen Rinnsal gleich durch die zerstörten Wälder ergoß, im Dunkel des Dschungels versickernd, erreichten die Ogus Amorai, das Tal des Friedens. Vergessen waren die Schrecken, die sie aus ihrer Heimat vertrieben hatten. Hinter ihnen lagen die Strapazen und Entbehrungen der weiten Wanderungen. Amorai empfing die Kinder der Wildnis mit Büffelgebrüll, mit Elefantenruf, mit all den tausendfältigen Lauten des Dschungels. Hier konnten die Ogus eins werden mit der großen, gewaltigen Natur, aufgehen in der herrlichen, urgewaltigen Schöpfung. Wohl waren sie arm, sie standen noch auf der Stufe der Eisenzeit der Menschheit, aber ein gütiges Schicksal hatte sie auch vor der Unrast, der Friedlosigkeit und all den Kläglichkeiten des Menschengewimmels jenseits ihrer düsteren Wälder bewahrt. Und Dawi, der Dschungelläufer, war glücklick wie nie zuvor in seinem Leben. Herrlich und frei lag sein Leben vor ihm, ein Leben im Zeichen ungestörten Friedens ...